러브 플랜트

트리
플

1
1

T
R
I
P
L
E

윤치규 소설

차례

일인칭 컷

도로는 꽉 막혀 있었다. 길 한복판에서 터번을 쓴 남자가 붉은 깃발을 흔들고 있었다. 택시기사는 창밖으로 고개를 내밀어 상황을 살피더니 한숨을 내쉬었다. 앞쪽에 사고가 난 것 같았다. 모든 차량이 일차선으로 우회하기 시작했다. 택시기사는 대열에 끼지 않고 운전대를 놓아버렸다. 앞지르는 차가 방향지시등을 켜자 먼저 가라며 느긋하게 손짓까지 보냈다. 내가 미터기를 가리키며 항의했지만 방법이 없다는 듯 어깨만 으쓱거렸다.

"지금 바가지 씌우려고 이러는 거지?"

　　한국어로 말했는데 택시기사가 뒤를 돌아봤다. 알아듣기라도 한 것처럼 갑자기 내게 뭐라고 변명 같은 말을 쏟아냈다. 그의 말은 빠르고 된소리가 많이 섞여 무슨 뜻인지 알아들을 수 없었고 영어인지 말레이어인지조차 구분되지 않았다. 그는 말을 할 때 습관처럼 오른손 검지를 펼쳐 흔들었다. 아주 길고 비쩍 마른 손가락이었다. 그 손가락은 '하나'를 뜻하는 것 같았는데 좌우로 흔들릴 때는 무언가를 부정하는 표시처럼 보였고, 위아래로 움직일 때는 하늘에 있는 신이나 제멋대로 비를 뿌리는 날씨를 탓하는 것 같기도 했다. 만약 그런 게 아니라면, 어쩌면 천장에 붙어 있는 손도끼를 가리키는 것인지도 몰랐다.

　　도대체 택시 안에 손도끼가 왜 있는 걸까? 붉은색 페인트로 칠해진 도끼날은 아주 날카로웠다. 택시기사는 내 시선을 눈치채고 플라스틱 고정틀에서 손도끼를 떼어냈다. 나무로 된 손잡이를 붙잡고 자랑이라도 하듯 도끼날을 내보였다. 그러다가 갑자기 창문을 내리찍는 시늉을 했다. 내가 인상을 찌푸리자 이번에는 도끼날을 자신의 목에 대더니 혓바닥을 내밀며 죽는 척을 했다. 그런 행동이 나를 웃기려는 것인지 위협하려는 것인지 도저히 알 수가 없었다. 희주는 대수롭지 않은 듯 옆에서 웃음을 터뜨렸지만 나는 그럴 수 없었다. 어쨌든 그가 왜 이러는 건지 이유를 알 수 없었고, 알 수 없다는 것은 때때로 내게 두려움을 주었다.

희주가 비혼식을 하겠다고 선언했을 때 처음 느꼈던 감정도 두려움이었다. 남자친구가 있는데 비혼식을 하겠다니. 그게 도대체 무슨 의미인지 이해할 수가 없어 무섭고 끔찍하기까지 했다. 청첩장의 초안이라고 건넨 분홍색 봉투 겉면에는 오직 희주의 이름만이 적혀 있었다. 신랑 이름은 없었고 누구의 장녀 같은 표현도 없었다. 종이를 펼치자 진녹색 웨딩드레스를 입은 희주가 환하게 웃고 있었다. 그 사진 옆에는 결혼하지 않기로 했다는 결심과 자신을 온전히 더 사랑하겠다는 다짐이 쓰여 있었다.

희주와 나는 사내 커플이었다. 한 달 전 희주가 퇴사를 했는데도 여전히 부서 사람들은 내게 희주의 안부를 물었다. 희주가 웨딩드레스 입은 사진을 인스타그램에 올리자 당연하다는 듯 나를 축하해주었다. 몇몇은 기프티콘까지 보내줄 정도였다. 날짜는 언제야? 장소는 어디야? 여름휴가 때 간다는 말레이시아가 사실은 신혼여행이야? 쏟아지는 질문에 대답할 수 있는 말이 별로 없었다. 그런 게 아니라고 해도 사람들은 믿지 않았고, 딱히 헤어진 것도 아니라서 헤어졌다고 말할 수도 없었다.

결혼에 대해 가장 집요하게 캐물은 건 최 팀장이었다. 최 팀장은 진심으로 축하한다며 내 손을 붙잡고 놓아주질 않았다. 그냥 희주 혼자 찍은 사진이라고 설명해도 말이 통하지 않았다. 왜 자신에게 결혼 사실을 숨기려고 하나며 오히려 섭섭해하기까지 했다. 솔직하게 말할수록 오해만 깊어졌다. 그렇게 며칠 지나자 어느새 내 호칭은 새신랑으로 바뀌었고 회사에는 희주가 임신했다는 소문까지 돌았다.

사실 누구보다도 이 모든 상황을 제일 믿기 어려운 사람은 나였다. 비혼식이라니. 차라리 나와 결혼하기 싫다는 것이라면 얼마든지 받아들일 수 있을 것 같았다. 연애만 하고 결혼하지 않는 커플도 많으니까. 남자친구 이상의 지위를 가질 수 없다거나 법이나 제도로 묶이지 않는 문제라면 그건 충분히 타협이 가능했다. 하지만 사람들을 초대해서 비혼식을 하겠다니. 그것도 회사 동료들까지 부르겠다고? 아무리 지금까지

낸 축의금을 회수해야 한다고 해도 그건 말도 안 되는 일이었다. 그들과 함께 하객석에 앉아 손뼉이나 치고 있을 내 모습은 정말 상상조차 하기 싫었다.

*

가까운 곳에서 나무 한 그루가 쓰러졌다. 가드레일에서 얼마 떨어지지 않은 곳에 숲이 있었다. 벌목꾼 몇 명이 장비를 챙기며 대화 나누는 모습이 보였다. 벌목할 구역을 확인하는 것 같았다. 한 명이 전기톱에 시동을 걸면 다른 한 명이 뒤로 돌아가 나무의 기둥을 붙잡았다. 키가 큰 나무는 날카로운 톱날이 닿자 맥없이 고꾸라졌다. 나무가 땅 위에 쓰러지면 장갑을 낀 인부가 달려들어 고기와 뼈를 발라내듯 열매를 따고 줄기에 붙은 가시를 긁어냈다. 육중한 나무 한 그루가 해체되는 데 걸린 시간은 믿기지 않을 정도로 짧았다.

기초 작업이 끝나면 벌목꾼은 다른 나무로 향했다. 그러면 거대한 크레인이 해체된 나무를 트럭으로 옮겼다. 크레인은 바닥에 철심을 고정해놓고 회전하면서 작업했다. 중량이 얼마나 무거운지 서 있는 자리가 움푹 파였다. 크레인은 긴 목과 그 끝에 매달린 쇠집게로 한 번에 여러 그루의 나무를 들어 올렸다. 나무는 대기하고 있는 트럭의 짐칸 위로 쏟아졌다. 트럭은 나무가 한가득 실리면 시동을 걸어 어딘가로 떠났다. 트럭이 출발한 자리에는 곧바로 다른 트럭이 들어왔다.

"저건 야자나무게, 팜나무게?"

택시 창밖으로 막 쓰러진 나무를 가리키며 희주가 물었다. 내가 대답하지 못하자 예상했다는 듯 실망하며 야자나무라고 정답을 알려주었다. 그런가 싶어 다시 한번 쳐다봐도 딱히 야자나무처럼 보이지는 않았다. 내게는 전부 엇비슷한 모양의 열대 나무일 뿐이었다. 희주는 그것들을 각각 야자나무와 팜나무로 정확히 구별할 수 있었다. 어떻게 알 수 있느냐고 내가 묻자 야자나무에서는 코코넛 열매가 열리고 팜나무에서는 팜 열매가 열린다는 당연한 설명을 늘어놓더니 그 후로는 하루에도 몇 번씩 아무 나무나 가리키며 그게 어떤 나무인지 물어보기 시작했다. 그때마다 야자나무라고 대답했던 것은 팜나무였고, 팜나무라고 확신했던 것은 야자나무였다. 희주는 바닥에 떨어진 열매를 직접 보여주면서 야자나무인지 팜나무인지 확인시켜주었는데 그다음부터는 물어볼 때마다 열매를 먼저 보려고 하니까 그런 건 반칙이라면서 좋아하지 않았다.

"사진이나 좀 찍어줘. 저기 숲을 배경으로."

희주는 내게서 등을 돌리고 택시 뒷좌석에 몸을 모로 기댔다. 가방에서 카메라를 꺼내 전원을 켜고 구도를 맞추는 동안 희주는 창밖에 시선을 두었다. 희주가 원하는 사진을 찍으려면 내가 조금 더 뒤로 물러나야 했다. 바깥에 펼쳐진 야자나무를 뷰파인더에 전부 담으면서도 희주의 뒷모습이 왼쪽 밑 프레임의 3분의 2 정도 차지해야 했다. 그렇게 프레임 한편에 희주를 고정하고 조리개를 천천히 돌려 렌즈의 초점을 멀리 두면 숲을 보고 있던 희주의 뒷모습은 서서히 흐려지고 뒤쪽에 펼쳐진 배경이 점점 선명해졌다.

이런 구도로 찍은 사진은 인스타그램에서 괜찮은 반응을 얻었다. 매번 비슷한 사진만 올리는데도 좋아하는 사람이 꽤 많았다. 희주는 이런 사진을 '일인칭 컷'이라고 불렀다. 사진은 인물보다 배경에 초점을 맞추고, 장소가 온전하게 담기면서도 카메라를 등지고 서 있는 희주의 뒷모습이 한쪽 구석에 반드시 놓여야 했다. 여행할 때면 희주는 이런 사진을 자주 찍어서 올렸

다. 유명 관광지뿐만 아니라 흔히 볼 수 있는 벽돌집이
나 거리 위에서도 자연스럽게 사진을 찍었다. 그때마다
사진을 찍어주는 사람은 언제나 나였다. 그러니까 엄밀
히 말하면 사진 속에서 일인칭 시점은 바로 나였다. 카
메라를 등지고 서 있는 희주는 정작 삼인칭 피사체에
불과했다.

사진을 찍는 동안 야자나무 한 그루가 또다시
쓰러졌다. 육중하고 둔탁한 소리와 함께 땅이 울렸다.
그 진동은 가드레일을 넘어 택시까지 닿았고 뒷좌석에
앉아 카메라를 들고 있는 내 손을 흔들었다. 흔들림 때
문에 셔터를 누르지 못하고 다시 렌즈의 초점을 맞췄
다. 뷰파인더에 담긴 희주의 줄무늬 티셔츠가 선명해졌
다가 흐려졌다. 희주는 흰 바탕에 빨간색 줄무늬가 그
려진 티셔츠를 입고 있었다. 처음에는 성조기를 본뜬
줄 알았는데 알고 보니 말레이시아 국기였다. 희주의
귓불 끝에는 그믐달 모양의 귀걸이가 매달려 있었고 그
건 말레이시아 국기에 그려진 그믐달과 똑같은 디자인
이었다.

"그믐달이 아니라 초승달이야. 이슬람 국가는
달이 왼쪽부터 차오르거든."

"그거 한국에서 샀잖아. 그러면 그믐달인 거지."

"초승달이라니까. 너는 왜 항상 네가 보고 싶은 대로만 봐?"

귀걸이에 연결된 고리에는 작은 장식이 달려 있었다. 모조 다이아몬드가 박힌 별 모양의 펜던트였다. 펜던트는 희주가 숨을 내쉴 때마다 조금씩 흔들렸다. 그 무질서한 진동이 어떤 비언어적인 신호를 함축하고 있는 것 같았다. 희주는 손가락을 들어 숲을 가리키면서 말했다. 사실 아까는 거짓말이었다고. 저건 야자나무가 아니라 다 팜나무라고. 그 말을 듣고 나니까 창밖에 펼쳐진 야자나무가 이번에는 전부 팜나무처럼 보였다.

*

돌이켜보면 최 팀장이 마케팅부에 온 이후로 희주는 계속 힘들어했다. 평소 다른 사람의 험담을 거의 하지 않는 성격인데도 최 팀장에 관한 이야기가 나오면 몸서리치며 욕할 정도로 싫어했다. 최 팀장은 보고서 문장을 지적할 때도 조금 더 섹시하게 표현할 수 없

냐는 식으로 말하는 사람이었다. 한번은 홈쇼핑 방송
에 쓸 사은품 선정 때문에 희주와 크게 부딪친 적이 있
었다. 최 팀장은 사은품을 다양하게 준비하라고 지시했
고, 희주는 질을 높이고 단가를 낮추기 위해 상품을 하
나로 특정해 대량으로 구매하자고 제안했다. 그냥 아이
디어를 나누는 차원에서 꺼낸 말인데도 최 팀장은 정
색하며 화를 냈다. 항상 똑같은 건 집에서 보는 마누라
만으로도 충분하다고. 평소 같았으면 희주도 그냥 넘어
갔을 일이었다. 하지만 그날따라 언성을 높이며 끝까
지 언쟁을 벌였다. 그날 희주는 의견이 거절당한 것 때
문에 화난 게 아니라, 말을 너무 함부로 내뱉는 걸 참을
수 없었다고 했다.

　　　그날 이후로 희주는 가능하면 최 팀장을 피해
다녔다. 최대한 눈에 띄지 않고 엮이지 않으려고 했다.
그러면 그럴수록 최 팀장은 희주를 더욱 괴롭혔다. 희
주는 키가 작고 체구가 왜소해서 의자에 앉으면 잘 보
이지 않았다. 최 팀장은 일부러 숨은 거냐면서 자주 칸
막이 위로 얼굴을 들이밀어 희주를 내려다보곤 했다.
그런 일상이 반복될수록 희주는 점점 지쳐갔다. 하지만
그렇다고 주변에서 함부로 나설 수도 없었다. 아무래도

직장이니까. 저런 상사는 어디든 있으니까. 문제 삼을 수 있는 수준이 아니라면 참고 넘어가는 수밖에 없었다. 그때 나는 정말로 그렇게 생각했다.

　　사건이 터진 건 상반기 결산 후 회식 자리에서 였다. 영업 실적이 좋지 않아 소갈빗집에서 냉면과 된장찌개로 배를 채워야 했다. 네 명씩 앉은 테이블에 소갈비가 3인분밖에 올라오지 않았다. 추가로 주문하려고 해도 눈치가 보였다. 최 팀장은 소갈비가 다 구워지지도 전에 이미 공깃밥과 식사를 주문해버렸다. 희주는 고기를 구우면서 장난스럽게 배가 고프다는 말을 반복했다. 최 팀장은 그게 거슬렸는지 대뜸 그렇게 배가 고프냐고 물었다. 희주가 놀라서 고개를 끄덕이자 그렇게 배가 고프면 같이 2차나 가자고 말했다. 자기가 배부르게 해주겠다고. 배가 터질 정도로 부르면 육아휴직이나 들어가라고.

　　사실 처음에는 최 팀장의 말뜻을 정확하게 이해하지 못했다. 몇몇이 2차는 치맥이 좋을 것 같다고 맞장구치는 바람에 더욱 그랬다. 하지만 희주는 웃고 있지 않았다. 얼굴이 빨개진 채로 고개를 푹 숙이고 있었다. 자세히 살펴보는데 어깨가 들썩거리고 주먹 쥔 손이 덜 덜 떨리고 있었다. 그 순간 나도 모르게 최 팀장의 멱살을 낚아챘다. 정확히 무슨 상황인지는 모르겠지만 그래야만 할 것 같았다. 왜 이러냐고 소리치는 최 팀장의 멱살을 강하게 쥐고 흔들다가 결국 주먹을 한 대 날렸다. 테이블 위에 반찬 그릇이 엎어지고 최 팀장은 갈비 소스와 함께 바닥에 나뒹굴었다.

상황은 본부장까지 개입하고 나서야 겨우 수습되었다. 본부장은 일단 나를 말리며 자초지종을 물었다. 때린 사람은 분명히 나였지만 이유는 설명할 수가 없었다. 누군가 옆에서 희주가 성희롱을 당했다고 말해줘서 그제야 최 팀장이 했던 말의 속뜻을 알게 되었다. 도저히 참을 수 없어 본부장이 보는 앞에서 다시 한번 달려들었다. 최 팀장은 그런 게 아니라며 부인했다. 코피를 흘리면서도 오해라고. 그런 의도가 아니었다고. 너무나도 억울한 듯 두 손바닥을 펼쳐 허공에 몇 번이나 내저었다.

*

교통사고 수습이 늦어질수록 가드레일 옆에 차

를 세우는 사람이 하나둘 늘어났다. 택시는 겨우 일차선에 합류했지만 사고 현장과 가까워졌을 뿐 여전히 그곳을 빠져나가지 못했다. 택시기사는 가드레일에 앉아 있는 사람들을 부러운 눈으로 바라봤다. 그러다가 갑자기 선반을 열어 메모지와 볼펜을 꺼냈다. 그는 볼펜 뚜껑을 입에 물고 메모지에 미터기 요금을 적었다. 그리고 종이를 내밀어 숫자를 확인시켜주며 엄지를 치켜세우더니 내 허락도 받지 않고 미터기를 꺼버렸다. 멋대로 핸들을 꺾어 차선을 벗어나 가드레일 옆에 택시를 세웠다. 내가 뭐 하는 거냐고 따지자 그는 또다시 대답 대신 검지를 들어 위를 가리켰다. 그러고는 차 문을 열고 바깥으로 나가버렸다.

"우리도 복권이나 한 장 사자."

희주가 불쑥 얘기했다. 복권이라니. 갑자기 그게 무슨 소리인가 싶었다.

"사고가 난 차 번호로 복권을 사면 잘 맞는다잖아. 방금 못 들었어?"

"택시기사가 하는 말을 알아들어?"

"들으려고 하면 들려. 저 사람 처음부터 영어로만 말했어."

희주의 말이 어쩐지 비난처럼 들렸다. 기분이 상
했지만 내색하지 않고 고개만 반대쪽으로 돌렸다. 차가
완전히 멈추자 눅진한 에어컨 냄새가 더 진해졌다. 창
문을 내려 택시기사 쪽을 바라봤다. 그는 사고 현장으
로 걸어가 구경꾼 사이에 넉살 좋게 끼어들었다.

"시간도 늦어지는데 오늘은 바로 숙소로 돌아가
자."

"돌아가고 싶으면 먼저 가 있어. 난 오늘 메르데
카 광장에 갈 거야."

"너 혼자 어떻게 다니려고."

내 말에 희주의 얼굴이 살짝 일그러졌다. 희주는
가끔 그런 표정을 지을 때가 있었다. 탄식 같은 실소가
입가에 번졌다가 경멸로 뒤바뀌어 싸늘하게 굳어버렸
다. 말실수라도 했나? 희주의 눈치를 살피며 시트 뒤로
몸을 더 기댔다. 여행하는 동안 될 수 있으면 희주의 신
경을 건드리지 않으려고 했지만 뜻대로 잘되지 않았다.

"거기는 그렇게 중요한 곳도 아니잖아."

"독립선언이 이뤄진 곳이야. 전 세계에서 가장
높은 국기 게양대도 있어."

말레이시아에 도착한 이후로 많은 시간을 길 위

에서 허비했다. 말레이시아는 어디를 가나 교통 체증이 심했지만 차 없이는 어디도 갈 수 없었다. 믈라카를 낮에 돌아보고 저녁때 메르데카 광장에 가는 일정은 처음부터 무리였다. 그걸 알면서도 희주는 계속 억지를 부렸다. 이번뿐만 아니라 세계에서 세 번째로 높다는 페트로나스 트윈 타워를 볼 때도. 프란치스코 하비에르 신부의 유해가 안치된 세인트폴 대성당을 갈 때나, 가장 큰 힌두교 사원이라는 스리 마하마리암만 사원에서 기도를 올릴 때도. 원하지 않으면 따라오지 말라면서 자꾸만 일정을 늘려갔다.

여행지에서 이런 문제로 다투는 건 꽤 익숙했다. 재작년 서유럽에 갔을 때도 비슷한 일이 있었다. 독일과 이탈리아에 가야 한다는 것은 서로 동의했지만 그다음 일정으로 나는 체코를, 희주는 프랑스를 원했다. 내가 체코 대신 프랑스로 가겠다고 하자 희주는 그것보다는 이탈리아로 들어가 독일을 여행한 후에 각자 3일 정도 떨어져서 프랑스와 체코에 다녀오자고 제안했다. 그래도 어떻게 따로 다니나 싶어 내가 양보하겠다는데도 희주는 굳이 그렇게 하자고 고집을 부렸다.

그때 우리는 이탈리아로 들어가 함께 독일을 여

행하고 체코와 프랑스에서 각자의 시간을 보냈다. 그리고 귀국하기 하루 전에 베를린에서 다시 만났다. 숙소도 일부러 트윈룸을 골라 섹스할 때는 한 침대를 썼고 잠이 들 때는 각자의 자리에 누웠다. 그날 호텔 방에서 희주는 내가 가보지 못한 프랑스 남부의 풍경을 들려주었고, 나는 체코의 헌책방 골목을 혼자 돌아다니다가 우연히 발견한 맥줏집에 관해 이야기했다. 한국으로 돌아오는 길에 희주는 이번 유럽 여행이 나와 함께한 여행 중에 가장 이상적이었다고 고백했지만 내게는 아직까지도 그저 낯설고 이상하기만 했던 추억으로 남았다.

"나도 사진 좀 찍고 올게. 진짜로 복권에 당첨될지도 모르잖아."

사고 현장의 맨 앞에는 토요타 세단과 버스가 세워져 있었다. 아마도 차선을 변경하려던 버스가 직진하는 토요타 세단을 들이받은 것처럼 보였다. 그 후에 토요타 세단이 쫓아오던 트럭과 한 번 더 부딪쳤고, 트럭은 뒤따라오던 폭스바겐과 연쇄적으로 충돌했다. 다행히 정체 구간이어서 속도가 빠르지 않아 다친 사람은 없는 것 같았다. 네 명의 운전자는 사고 수습을 위해 대화를 나누고 있었는데 말소리까지 들리지는 않았지만 대체로 차분한 분위기였다.

그들 중에서 유일하게 화가 난 사람은 토요타 주인이었다. 그는 이런저런 참견을 늘어놓으며 자신의 차를 구경하는 훼방꾼들을 이리저리 밀쳐냈다. 그의 짜증이 심해질수록 구경꾼들은 더욱 몰려들었다. 저마다 사고 현장을 논평하듯 즐거워하며 수다를 떨었다. 택시기사는 토요타 주인 앞에서도 전혀 개의치 않고 번호판의 숫자를 적었다. 토요타 주인이 신경질을 부리며 애꿎은 바닥을 발로 굴러대도 택시기사는 아랑곳하지 않고 사람들에게 자신이 적은 숫자를 보여주며 자랑까지 했다.

"아무리 그래도 좀 그렇지 않아?"

택시 밖으로 나가려는 희주를 붙잡으며 말했다. 희주는 누가 다친 것도 아닌데 뭘 그러냐면서 대수롭지 않게 대꾸했다. 그러면서 이렇게 덧붙였다.

"너는 꼭 그래본 적 없는 것처럼 말하네."

희주가 몸을 돌려 나를 똑바로 바라봤는데 나도 모르게 그 시선을 피해버렸다. 희주는 더는 추궁하지 않고 택시 문을 열고 바깥으로 나갔다. 희주의 뒷모

습이 내게서 조금씩 멀어졌다. 희주는 가장 먼저 토요
타의 번호판부터 사진을 찍었다. 택시기사가 반가운 듯
손을 뻗어 아는 체했다. 두 사람은 무슨 말을 조금 나누
다가 곧 크게 웃음을 터뜨렸다. 그는 흔쾌히 고개를 끄
덕이며 손가락으로 오케이를 그렸다. 희주는 카메라를
건네고 트럭 뒤에서 포즈를 잡았다. 사고가 난 곳을 바
라보고 서자 곧 플래시가 터졌다. 택시기사는 사진을
확인하고 한 번 더 찍겠다는 것처럼 검지를 펼쳐 허공
위에 흔들었다.

*

　　회식 다음 날 희주는 일주일 휴가를 받았다. 개
인 연차는 아니고 청원 휴가였다. 본부장은 그사이 최
팀장과 나를 따로 불러 중재에 나섰다. 그 자리에서 최
팀장은 내게 고개를 숙이며 사과했다. 내가 희주와 사
귀는 사이인 줄 몰랐다고. 자신은 쭉 영업부 소속이어
서 정말 모르고 있었다고. 최 팀장은 미안하다면서 앞
으로 이런 일이 두 번 다시 없을 거라고 약속했다. 사과
하는 표정이나 목소리의 떨림에서 어느 정도 진정성이

느껴졌다. 게다가 나보다 열 살이나 많은 사람이 그렇게까지 머리를 조아리자 나도 뻣뻣하게 굴 수만은 없었다.

희주가 휴가에서 돌아왔을 때 최 팀장은 팀원 앞에서 다시 한번 공개적으로 사과했다. 본부장에게 받은 경고장을 자신의 책상 위에 걸어놓고 희주 앞에서 허리를 숙였다. 그렇게 무거운 분위기는 아니었다. 최 팀장이 이번 일로 많은 것을 깨달았고 더욱 언행을 조심하겠다고 하자 주변에 있던 직원들이 앞으로 두고 보겠다며 장난스럽게 으름장을 놓았다. 그렇게 사건이 일단락되었다고 믿었다. 만족스럽지는 않아도 어느 정도 마무리되었다고. 하지만 그렇지 않았다. 적어도 희주에게는 그랬다.

"왜 네가 나 대신 그 사람을 용서했어?"

낮에 플라카의 구도심을 돌아볼 때 희주가 내게 물었다. 때마침 광장에서 야외 결혼식이 열리고 있었다. 결혼식장에는 캐노피 천막이 여러 동 펼쳐져 있었다. 천막마다 신부 대기실과 무대, 뷔페를 차려놓은 피로연장 같은 공간이 준비되었다. 우리는 특별히 허락을 받고 신부 대기실을 구경했다. 천막에 흰 천이 매달

려 있고 그 앞에는 검은색 소파가 놓여 있었는데 꽃 장
식이 가득했다. 신부는 붉은색 드레스에 면사포를 쓰고
소파에 앉아 친구들과 사진을 찍었다. 희주도 순서를
기다렸다가 신부 옆에 앉아 같이 사진을 찍었다.

　　신랑이 모습을 드러낸 건 결혼식이 시작된 이후
였다. 신랑은 눈이 파랗고 머리가 갈색이었다. 챙이 없
는 모자를 쓰고 전통 의상으로 보이는 노란 옷을 입고
있었다. 신랑은 신부의 아버지와 함께 예식이 진행되는
천막 안으로 걸어왔다. 신부는 먼저 도착해서 신랑을
기다렸다. 신랑이 천막 안으로 들어가려고 허리를 굽히
자 사람들이 손사래 치며 말렸다. 신랑이 당황하며 주
변을 살피자 미리 기다리고 있던 남자 넷이 천막의 각
기둥을 붙잡아 높이 들어 올렸다. 그제야 박수와 함성
이 터졌고 신랑은 당당히 허리를 세우고 그 안으로 들
어갔다.

　　결혼식이 진행되는 걸 지켜보다가 여행 내내 미
뤄두었던 말을 희주에게 꺼냈다. 도대체 왜 그러느냐
고. 꼭 비혼식 같은 걸 해야만 하겠느냐고. 희주는 내 말
을 듣고도 아무 대답도 하지 않았다. 그저 고개를 들어
내 얼굴을 가만히 들여다보기만 했다. 그러다 우리 사

이로 굵은 빗방울이 떨어졌다. 빗방울은 빗줄기가 되
었고 곧 스콜로 변해 세차게 쏟아졌다. 사람들은 서둘
러 지붕이 있는 곳을 찾아 뛰어다녔다. 천막 안은 이미
가득 차서 가까운 노점의 처마 밑으로 비를 피했다. 하
지만 희주는 제자리에서 꼼짝도 하지 않고 비를 맞았
다. 열대의 소나기는 빗줄기가 굵었고, 그 속에서 희주
는 비를 맞는 게 아니라 심한 매질을 당하는 것처럼 보
였다.

　"난 그 사람을 용서한 적이 없는데 왜 네가 그
사람을 용서해준 거야?"

　　최 팀장과의 일을 정식으로 문제 삼을수록 우호
적이던 회사의 분위기가 점차 냉랭해졌다. 희주가 원한
것은 최 팀장의 인사 발령이었다. 하지만 본부장은 온
지 얼마 되지도 않은 최 팀장을 다른 곳으로 내쫓을 수
는 없다고 명확하게 선을 그었다. 그 대신 희주에게 이
동을 권했다. 희망 부서를 세 개 정도 알려주면 그룹장
끼리 협의해서 최대한 배려해주겠다는 것이었다. 내 생
각에도 나쁘지 않은 조건이었다. 하지만 희주는 단호하
게 거절했다. 가해자가 남고 피해자가 떠나는 결과를
받아들일 수 없다는 게 그 이유였다.

상황이 해결되지 않자 본부장은 수습을 위해 희주가 아닌 나를 불렀다. 일이 너무 커지면 먼저 폭력을 저지른 내게도 책임져야 할 부분이 있을 거라며 은근히 압박을 주었다. 그러면서 어차피 결혼해서 아기를 낳으면 희주는 회사에 오래 다닐 수 없다고 말했다. 오랫동안 최 팀장과 마주치면서 일할 사람은 희주가 아니라 바로 나라고. 희주가 당장 큰 상처를 받아 감정적으로 구는 건 이해하지만 곧 있으면 남편이 될 내가 중심을 못 잡으면 안 된다고. 본부장의 말에 설득된 것은 아니었지만 나도 이쯤에서 희주가 그만두기를 바랐다. 겉으로는 희주를 이해하는 척했지만 사실은 아무것도 알지 못했다. 희주가 어떤 마음이었는지. 왜 그렇게까지 해야만 했는지.

*

하늘에 먹구름이 다시 몰려들었다. 사위가 한층 더 어두워졌다. 희주는 여전히 바깥에 있었다. 택시 창문 밖으로 고개를 내밀어 희주를 불렀지만 들리지 않는 것 같았다. 희주는 번호판의 숫자를 적는 사람들 사이에 섞여 있었다. 곧 비가 내릴지도 모른다는 것을 아무도 눈치채지 못한 것 같았다. 시간이 지날수록 앞차의 붉은 꼬리등 불빛이 점점 짙어졌다. 창밖에서 불어오는 바람에 축축한 습기가 배었다. 처음부터 켜져 있던 에어컨이 갑자기 춥게 느껴졌다. 그러다가 먼 하늘에서 번쩍하고 섬광이 빛났다.

소리 없는 번개가 어둑해진 하늘을 몇 갈래로 찢었다가 이내 사라졌다. 그 번쩍임이 너무 순식간에 지나가 눈을 깜박이고 나면 모든 게 착각처럼 느껴졌다. 희주는 그 빛을 보지 못한 것 같았다. 아니면 알고 있으면서도 신경 쓰지 않는 것인지도 몰랐다. 당장 가까운 곳에 떨어지는 것은 아니니까. 아직은 소리도 닿지 않을 정도로 멀리 있으니까. 하늘을 올려다보지 않으면 바깥의 풍경은 여전히 태평스러웠다.

시간이 얼마 지나지 않아 빗방울이 떨어지기 시작했다. 처음에는 몇 방울씩 산발적으로 떨어지다가 곧 폭우로 변했다. 플라카에서 내렸던 스콜보다 훨씬 세찬 비였다. 빗줄기는 택시 보닛을 흠씬 두드렸다. 둔탁한 드럼 연주가 시작된 것처럼 굉장한 소음이 택시 안에 가득 찼다. 구경꾼은 손등으로 머리를 가리고 서둘러 자신의 차로 돌아갔다. 조금 전까지만 해도 사진을 찍고 있던 희주는 사람들과 이리저리 뒤엉키는 바람에 시야에서 완전히 사라져버렸다. 고개를 이리저리 돌려봐도 내가 앉은 곳에서는 찾을 수가 없었다.

　그사이 빗줄기는 더욱 굵어졌다. 와이퍼를 켜지 않은 앞창에는 빗물이 차올랐다. 섣불리 나갔다가 희주와 엇갈리게 될 것 같아 일단은 택시 안에서 희주가 돌아오기를 기다렸다. 앞문이 열리고 택시기사가 들어왔다. 희주는 어디 있냐고 묻자 그는 대답 대신 희주의 카메라를 건넸다. 고개를 절레절레 저으며 머리칼의 물기를 함부로 털어냈다. 내가 흥분해서 다시 한번 묻자 그는 웃으며 손가락으로 오케이를 그렸다. 괜찮다고. 모든 게 괜찮을 거라고. 이번만큼은 그의 영어를 분명하게 알아들을 수 있었다.

　조금 더 가까운 하늘에서 번개가 내렸다. 이번에는 새하얀 불빛이 울창한 팜나무 숲 위로 떨어지는 게 선명하게 보였다. 그 빛이 너무 강렬해서 눈을 감아도 잔상이 사라지지 않았다. 더는 기다리고만 있을 수없어 차 문을 열고 희주를 찾으러 나갔다. 어느새 사고현장에는 아무도 남아 있지 않았다. 붉은 깃발을 흔들

던 남자는 트럭에 올라타 있고, 토요타 주인도 운전석
으로 돌아가 팔짱을 끼고 있었다. 그들은 빗속에 우산
도 없이 돌아다니는 나를 한참 동안 쳐다봤다. 하지만
내가 창문을 두드리며 동양인 여자를 못 봤냐고 물으면
모른다는 식으로 고개만 저었다.

버스에 올라탔을까 싶어서 버스가 있는 곳으로
향했다. 운전사는 문을 열어 무슨 일이냐고 물었다. 사
람을 찾고 있다고 하니까 들어오라는 것처럼 검지를 까
딱거렸다. 계단을 올라 운전석 옆에서 잠시 물기를 털
었다. 고맙다고 인사하는데 선반 위에 붙어 있는 손도
끼가 보였다. 내가 멍하니 바라보자 필요하냐는 듯 손
도끼를 떼어내 내게 건넸다. 나는 손사래를 치고 버스
안쪽으로 걸음을 옮겼다. 버스에는 손님이 드문드문 앉
아 있었다. 좌석을 하나하나 들여다보며 걷는데 승객
한 명이 창밖을 가리켰다. 그가 가리킨 곳은 가드레일
너머였다. 팜나무가 우거진 숲 바로 앞에 희주가 서 있
었다.

당장 버스에서 내려 도로를 벗어나 가드레일로
달려갔다. 그동안 빗줄기가 조금 가늘어졌다. 가드레일
앞에 도착해서 희주를 크게 소리쳐 불렀다. 빗소리 때

문에 내 목소리가 전혀 닿지 않는 것 같았다. 가드레일을 뛰어넘어 조심스레 경사로를 내려갔다. 넘어지지 않으려고 했지만, 한순간에 미끄러져 흙탕물 위로 굴러떨어졌다. 머리부터 발끝까지 전부 흙과 빗물로 범벅이 됐다. 몸 전체가 욱신거렸고 아프지 않은 곳이 없었다. 입에서는 모래가 씹히고 눈가에서 흙비가 흘렀다. 걸음을 내디딜 때마다 발이 진흙 속에 빠졌다. 네발로 거의 기다시피 몸을 이끌고 겨우 희주에게 다가갔다.

햇볕에 그을린 희주의 어깨 너머로 아직 베어지지 않은 팜나무 숲을 올려다보았다. 팜나무는 밑에서 보니 높이가 더 장대했다. 길고 곧은 나무 기둥이 하늘 끝에 닿을 듯 솟아 있었고 나무의 꼭대기에는 날카롭고 커다란 잎사귀가 비에 젖어 흔들리고 있었다. 그리고 그 위로 또 한 번 밝은 빛이 번쩍였다. 플래시가 터진 듯 주변이 환해졌다가 곧바로 다시 어두워졌다. 희주는 놀라서 어깨를 움츠렸다. 다시 굵어진 빗방울들이 희주의 어깨에 떨어지면서 잘게 부서졌다. 어깨에 닿고 튀어 오르는 비의 파편 때문에 희주가 우는 것처럼 보였다. 그동안 수없이 희주의 뒷모습을 사진으로 찍었지만 희주의 눈에 보일 풍경은 생각해본 적이 없었다. 희

주는 지금 울고 있을까? 어둠 속에서 나무는 키가 컸고,
숲의 더 깊은 안쪽에는 키가 큰 나무보다 더 키가 큰 나
무가 수없이 자라나 있었다.

완벽한 밀 플랜

객실은 바다 한가운데 떠 있었다. 침실에서 문
을 열고 선 덱으로 나가면 곧바로 바다였다. 현영은 선
덱에 누워 맥주를 마시다가 지루해지면 계단을 내려가
물속으로 들어갔다. 리조트 앞의 바다는 색이 두 가지
로 나뉘었다. 비교적 수심이 얕은 산호 지대는 에메랄
드빛의 푸른 바다였고, 그곳에서 조금만 벗어나면 곧바
로 짙은 군청색의 검은 바다가 나타났다. 두 바다의 경
계는 누군가 선을 그어놓은 듯 선명하게 나뉘었다. 푸
른 바다가 끝나는 절벽 너머부터는 바다까지 빛이 닿지
않는 심해였고 그 경계에는 동그랗고 흰 부표가 설치되

어 있었다. 부표 바깥쪽은 상어가 나타날 수 있어 위험했다. 하지만 내가 아무리 알려도 현영은 운이 좋으면 상어를 볼 수 있겠다며 일부러 경계 근처를 더 맴돌았다. 그럴 때마다 내가 할 수 있는 일은 그저 걱정스러운 마음으로 주변을 지키는 것뿐이었다. 상어와 마주치는 게 어째서 운이 좋은 일인지 이해할 수 없었지만, 그렇다고 그게 왜 운이 나쁜 일인지 설명할 자신도 없었다.

해가 저물수록 수위는 점점 높아졌다. 오전에는 계단의 여섯 번째 칸까지 잠겼던 수심이 저녁때가 되면 두 번째 칸까지 차올랐다. 시간이 늦어 수영마저 할 수 없어지면 현영은 숙소에서 가장 가까운 비치 바에서 드라이한 맛의 셰리를 주문하거나 도수 높은 브랜디를 얼음 없이 마셨다. 저녁 식사를 예약해두었다고 해도 술을 마시느라 신경 쓰지 않았다. 내가 재촉해도 현영은 괜찮다며 능청을 부렸는데 그런 상태로 얼마 지나지 않으면 몸을 가누지 못할 정도로 취해버렸다. 덕분에 여행 내내 저녁 식사 대부분은 바에서 만들어주는 감바스나 맥앤치즈 같은 것으로 대신해야 했다.

섬 안에는 레스토랑이 네 군데 있었다. 각 식당은 요일마다 메뉴가 바뀌고 프로모션도 달라졌다. 태국 식당에서 타이거새우가 들어간 대형 똠얌꿍이 나온다면 이탈리안 레스토랑에서는 스테이크 무제한 행사를 여는 식이었다. 바다에서 수영하는 것 말고는 놀거리도 볼거리도 없는 이 섬에서 제일 중요한 일은 수많은 선택지 중에 최고의 식사 조합을 만들어내는 것뿐이었다. 프런트 직원은 내가 제출한 밀 플랜을 보더니 만약 이대로만 된다면 올해의 현명한 고객상을 받게 될 거라고 농담을 건넸다. 내가 꼭 그렇게 되고 싶다고 대답하자 그는 미소를 띠며 로비 한쪽 벽에 걸린 글귀를 가리켰다. 그곳에는 '경험 많은 선원은 바다를 장담하지 않는다'라고 적혀 있었다.

아무것도 하지 않는 것과 하려고 했는데 하지 못하게 되는 것은 내게는 완전히 다른 일이었다. 출국하면서 비행기에 탔을 때만 해도 현영은 도착하면 패러글라이딩이나 제트스키 같은 수상스포츠를 하루에 한 번씩 하자고 먼저 제안했다. 예정대로라면 우리도 다른 여행객들처럼 둘째 날에는 리프상어를 보고, 셋째 날에는 선셋 크루즈를 탔어야 했다. 하지만 계획대로 된 건 아무것도 없었다. 투어는커녕 식사조차 제시간에 맞춰서 하는 일이 손에 꼽을 정도였다.

"명색이 신혼여행인데 너무 아무것도 안 하는 거 아니야?"

"꼭 무언가를 해야만 해? 그냥 이렇게 있는 것만으로도 좋잖아."

현영의 말에 무의식적으로 고개를 끄덕이면서도 그냥 이렇게 있는 게 정확히 어떤 것을 가리키는지 궁금했다. 아무것도 하지 않고 나와 단둘이 있는 게 좋다는 것인지, 아니면 온종일 술에 취해 주정이나 부리며 무기력하게 하루를 보내는 게 좋다는 것인지. 현영은 매일 해돋이를 볼 거라고 큰소리를 쳤으면서 단 하루도 제시간에 일어나지 못했다. 억지로 깨우면 몸을 일으켜 양치하는 척 화장실로 들어갔다가 나와 도로 침대에 누웠다. 내가 아무리 어르고 달래도 듣는 척도 하지 않았다. 결국 아침 식사는 추가 요금을 내면서 룸서비스를 시켜야 했다. 그렇게 하루를 시작하면 오후가 되어도 당연히 배가 고프지 않았다. 점심이라도 나가서 먹자고 조르면 현영은 햇볕이 너무 강하다거나 읽고 있던 책의 챕터가 끝나지 않았다는 핑계로 식사를 미뤘다. 대신 미니바에서 무료로 제공되는 맥주와 감자칩을 먹으며 한낮을 지냈다.

계획하지 않았던 터틀 퀘스트를 갑자기 신청하게 된 이유는 마지막 날이라도 무언가를 해보고 싶었기 때문이다. 내가 이야기를 꺼냈을 때 현영은 의외로 순순히 받아들였고 점심때는 술 대신 커피를 시킬 정도로 나름의 의지를 보여주기도 했다. 터틀 퀘스트는 자연 친화적이면서도 난도가 제일 낮은 프로그램이었다. 배를 타고 바다거북의 서식지로 나가 스노클과 오리발만 착용한 채 수면에 떠 있는 게 전부였다. 먹이를 주는 것도 만지는 것도 허락되지 않았다. 안내 책자에는 바다거북을 볼 수 있는 확률이 무려 95퍼센트라고 적혀 있었다. 동행하는 다이빙 매니저는 대자연의 미움을 산 게 아니라면 대부분 바다거북을 볼 수 있다고 장담했다. 만약 보지 못할 경우 살면서 쓰레기를 함부로 버렸다거나 물을 낭비하지는 않았는지 의심해봐야 한다고. 그 말을 듣고 사람들이 장난스럽게 야유를 보내자 그는 익살스러운 미소를 지으며 하늘을 올려다보더니 오늘은 괜찮을 거라며 모두를 안심시켰다. 아마도 뿔 달린 물고기만 나타나지 않으면 크게 문제없을 거라고.

다이빙 매니저의 설명에 따르면 뿔 달린 물고기는 가끔 바다거북의 서식지에 나타났다. 크기는 성인

남성의 팔 한 마디 정도인데 그중 절반이 뿔이다. 뿔은 코끝에서 솟아 정면을 향해 곧고 날카롭게 향해 있다. 천적이 함부로 집어삼킬 수 없도록 자신을 보호하는 용도로 쓰이지만, 가끔은 그 뿔로 상대를 찌를 때도 있었다. 다이빙 매니저는 실제로 뿔 달린 물고기가 바다거북을 찌르는 광경을 목격한 적이 있다고 했다. 여느 때와 마찬가지로 터틀 퀘스트를 진행하는데 갑자기 뿔 달린 물고기가 바다거북을 향해 맹렬히 달려들었다. 물고기는 기다랗고 날카로운 뿔로 바다거북의 배를 깊숙이 찔렀고, 그 후에는 스스로 뿔을 빼낼 수 없어 그렇게 매달린 채 바다거북과 함께 해저 깊은 곳으로 천천히 가라앉았다.

　　처음에는 그저 순진한 관광객을 대상으로 아무렇게나 떠벌리는 허풍 섞인 이야기라고 생각했다. 터틀 퀘스트에 실패할 때를 대비해 적당히 둘러대는 변명 중 하나쯤으로. 하지만 현영은 의외로 진지하게 그 이야기를 믿었다. 전부 지어낸 말일 거라고 내가 부정하자 단호하게 고개를 저으며 이렇게 말했다. 바다는 정말 깊어서 우리가 모든 것을 알 수 없다고. 우리가 이해할 수 있는 건 아주 작은 일부분에 불과하다고. 그러니까 뿔

달린 물고기가 바다거북을 찌르는 것이 그렇게까지 이
상한 일은 아니라고.

현영은 이제 바다거북보다 뿔 달린 물고기가 더
보고 싶은 것 같았다. 교육이 끝나고 다이빙 매니저가
질문을 받자 그 물고기가 왜 바다거북을 찌르는지 자세
히 물었다. 예상치 못한 질문이었는지 다이빙 매니저는
턱을 괴고 한참이나 고민했다. 그러다가 결국에는 자신
도 잘 모른다는 싱거운 대답을 내놓았다. 원래 야행성
이라 낮에는 활동하지 않는데 이해가 가지 않는다고.
게다가 육식성 어종이 아니어서 사냥이 목적도 아닐 텐
데 실제로 그런 일이 한 번씩 벌어지는 게 자신도 이상
하다고. 아마도 산란장을 보호하거나 일종의 영역 투쟁
일 수도 있는데, 뭐 진실은 오직 신만이 알지 않겠냐며
대답을 얼버무렸다.

선착장으로 이동해 배에 오르기 전에 다 같이
안전 수칙을 외웠다. 다이빙 매니저는 세 가지 원칙을
강조했다. 통제된 곳에서만 수영할 것. 바다거북을 보
려고 무리하지 말 것. 아무리 수영을 잘한다고 하더라
도 구명조끼를 벗지 말 것. 그러면서 이곳은 자신에게
정말 중요한 직장이기 때문에 아무도 다치면 안 된다고

거듭 강조했다. 다이빙 매니저는 갑판 위에 가장 먼저 올라 모든 사람의 구명조끼를 일일이 점검했다. 매듭이 단단히 묶였는지 줄이 느슨하지는 않은지 하나하나 확인하는 모습이 어쩐지 비장해 보일 정도였다.

유럽인으로 보이는 남자를 시작으로 아시아계 가족이 배에 올랐고 다음이 우리 차례였다. 다이빙 매니저는 현영의 머리 위로 구명조끼를 넣고 끈을 조였다. 그러다 갑자기 뭔가를 발견했는지 심각한 표정을 지으며 손목을 가리켰다. 현영은 무슨 일인지 영문을 몰라 고개만 갸웃했다. 다이빙 매니저는 인상을 찡그리며 현영의 손목에 난 상처를 조심스럽게 살펴봤다. 현영은 별거 아니라는 듯 웃음을 터뜨리며 손을 내저었다. 하지만 여전히 그의 표정은 좋지 않았고 선장과 현지어로 몇 마디 나누더니 어딘가를 향해 휘파람을 불었다. 그 신호에 선착장에서 대기하고 있던 어떤 소년이 재빠르게 달려왔다.

소년은 자신을 보티라고 소개했다. 보티는 다이빙 매니저로부터 특별한 지시를 받았는지 배에 오를 때 손을 잡아주었고 목적지로 가는 동안에도 계속 현영의 옆에 붙어 있었다. 현영이 따뜻한 관심을 담아 몇 살이

냐고 물었지만 새하얀 치아를 드러내며 웃을 뿐 나이는
알려주지 않았다. 햇볕에 건강하게 그을린 얼굴로 해맑
게 미소 짓는 모습이 영락없는 어린아이였는데도 터틀
퀘스트가 진행되는 동안 마치 현영의 보호자인 것처럼
굴었다.

배가 출발하자 안전 운항을 기원하는 의미로 선
장이 웰컴 샴페인을 꺼냈다. 도수가 낮고 달콤한 샴페
인이었다. 현영은 한 잔 가득히 따라준 걸 다 마시고 나
서도 자꾸만 샴페인을 자신의 잔에 더 채우려 했다. 술
을 마실 생각이 전혀 없었는데 그들이 권했고, 이미 마
셔버렸으니 이제는 얼마를 더 마시든 똑같다고 억지를
부렸다. 그러면서 샴페인이 다 떨어지자 아이스박스에
든 캔맥주에도 손을 댔다. 그 모습을 보고 나는 고개를
돌려버렸다. 하지만 보티는 길길이 날뛰며 맥주를 빼앗
으려고 했다.

배에 탄 모든 사람이 보는 앞에서 현영은 맥주
를 놓고 보티와 씨름했다. 서로 맥주 캔을 붙잡고 뺏거
나 빼앗기지 않으려고 잡아당겼다. 그럴 때마다 맥주
거품이 바닥에 조금씩 쏟아졌다. 보티는 전력을 다해

안간힘을 썼다. 그러다 결국 맥주를 빼앗았고 현영은 진심으로 언성을 높이며 돌려달라고 화를 냈다. 불쾌한 기색에도 보티는 주저하지 않고 맥주를 전부 바다에 쏟아버렸다. 그러고는 나를 노려보며 쏘아붙였다. 왜 말리지 않느냐고. 어떻게 보고만 있을 수 있느냐고.

　　리조트에서 출발한 배는 한 시간 만에 순조롭게 목적지에 도착했다. 배가 멈추자 모두 물속으로 뛰어들 채비를 갖췄다. 머리에 스노클을 쓰고 두 발에 오리발을 꼈다. 보티는 현영의 곁에서 사소한 부분까지도 꼼꼼하게 챙겼다. 현영도 조금 전에 있었던 일을 새까맣게 잊은 듯 보티의 안내를 잘 따랐다. 보티는 스노클에 물이 찼을 때 빼내는 방법이라든지 뛰어내릴 때의 동작 같은 걸 시범 보였다. 정작 현영보다 수영을 못하는 건 나인데도 내게는 아무런 관심이 없었다.

　　숨을 참고 바다에 뛰어들고 나서야 발이 닿지 않는 깊은 물에 빠져보는 게 태어나서 처음이라는 걸 깨달았다. 구명조끼를 입고 있는데도 도대체 어디까지 내려가나 싶을 정도로 몸이 가라앉았다. 눈을 떠도 물거품이 자욱해 앞이 뿌옇기만 했다. 두려운 마음에 손을 이리저리 휘둘렀지만 잡히는 건 아무것도 없었다.

그렇게 한참 동안 물속으로 빠지다가 부력에 의해 몸이 서서히 떠오르자 겨우 정신을 차릴 수 있었다. 수면 위로 머리를 내밀고 숨을 내뱉은 후 곧바로 현영이 어디 있는지 확인했다. 걱정과 달리 현영은 누구보다 여유 있는 모습으로 물살을 가르며 이미 다른 일행을 앞지르고 있었다.

현영은 조류에 몸을 완전히 맡기고 물결이 흐르는 대로 두 팔을 천천히 내저으며 마음껏 바다를 유영했다. 두 발이 닿지 않는 물속에서 헤엄치는 게 땅을 딛고 걷는 것보다도 더 익숙하고 편안한 듯 보였다. 구명조끼를 입고 있는데도 균형을 잡지 못해 계속 물을 먹으며 허우적거리는 나와는 정반대였다. 수영을 완전히 못하는 건 아니지만 발이 닿지 않는 곳에서 수영해본 적은 한 번도 없었다. 그래서인지 이런 감각이 익숙하지 않았고 여기가 수영장이 아니라는 것을 알면서도 숨이 차오르거나 동작이 꼬이면 버릇처럼 두 다리로 바닥을 딛고 일어서려고 했다. 하지만 바닥은 아득히 깊었고 그렇게 몸을 일으켜 세우면 한없이 가라앉기만 했다.

아무리 구명조끼를 입고 있어도 발 디딜 곳을 찾으려고 버둥거리면 머리가 물속에 잠겼다. 그 와중에

스노클이 벗겨지고 코와 입으로 물이 들이치자 공황 상
태에 빠졌다. 몸에서 힘을 빼면 자연스럽게 떠오를 텐
데도 한번 당황하니까 나도 모르게 계속 발버둥 치게
되었다. 그런 실수를 반복하다가 어느 순간 손바닥이
따끔거렸다. 뾰족한 게 닿았던 것 같은데 정확하지는
않았다. 겨우 호흡이 돌아오고 어느 정도 안정을 되찾
았을 때 물 밖으로 손을 꺼내 살펴보니 손바닥 정중앙
에 뭔가에 찔린 듯 상처가 나고 벌어진 살갗 틈 사이에
서 붉은 피가 흐르고 있었다.

　　주변에 뭐가 있나 싶어 스노클을 다시 단단하게
조이고 물속을 들여다봤다. 물속에는 열대어밖에 없었
다. 날카로운 고철 쓰레기 같은 것도 없었고 떨어져 나
간 산호 조각도 보이지 않았다. 아마도 팔을 휘저을 때
미처 피하지 못한 물고기의 아가미나 주둥이에 긁힌 것
같았다. 혹시 감염될지도 모르니까 일단은 배로 돌아가
려고 천천히 몸을 움직였다. 그때 갑자기 주변이 소란
스러워졌다. 사람들이 웅성거렸고 그중 몇몇은 분주하
게 다이빙 매니저가 있는 곳을 쫓았다. 누군가 바다거
북을 발견한 것 같았다. 순간 손에서 피가 난다는 사실
도 잊은 채 다이빙 매니저가 있는 쪽으로 헤엄쳤다. 스

노클을 쓰고 물속에서 멀리 바라보자 다이빙 매니저는 숨을 참고 아주 깊은 곳으로 잠수해서 들어가고 있었다. 머리를 밑으로 향하고 두 팔을 자신의 옆구리에 붙인 채 낭떠러지나 마찬가지인 바닷속 협곡을 활강하듯 아주 천천히 내려갔다. 사람들은 모두 그 근처에서 수면 아래를 지켜보며 어서 바다거북이 모습을 드러내기를 기다렸다.

저녁 식사를 예약해둔 오션 레스토랑은 내부 사정으로 문을 열지 않았다. 직원은 예의를 갖춰 유감을 표하면서도 예약된 객실에 이런 사실을 미리 알렸다고 덧붙였다. 연락을 받은 적이 없다고 따지자 방 호수를 묻고 명단을 재차 확인했다. 직원은 조용히 고개를 저으며 나 대신 현영을 바라봤다. 현영은 무구한 표정으로 고개를 갸웃거렸다. 어떤 상황인지 단번에 알 수 있었다. 아마 현영은 나 대신 프런트에서 온 연락을 받았을 것이다. 그리고 취기 때문이든 아니든 새까맣게 잊어버린 것이다. 직원은 내게 한 번 더 유감을 표했고, 우리는 하는 수 없이 오션 레스토랑을 빠져나와야 했다.

시간은 저녁 7시가 넘어가고 있었다. 섬 반대쪽

에 있는 태국 음식점까지 가기에는 이미 늦어버렸다. 그나마 가까운 이탈리안 레스토랑은 예약이 꽉 차 있었다. 남은 대안은 오직 이슬람 식당뿐이었다. 이슬람 식당의 음식 자체는 나쁘지 않았지만 그 대신 요리가 끔찍할 정도로 늦게 나왔다. 현영이 맥주라도 먼저 달라고 해서 서너 병을 비울 동안 후무스조차 내주지 않았었다. 그런 곳에서 마지막 식사를 해야 한다고 생각하니 기분이 한없이 가라앉았다. 게다가 이제는 그마저도 서두르지 않으면 자리가 없을지도 몰랐다.

무려 95퍼센트 확률의 터틀 퀘스트마저 실패했는데 저녁 예약까지 취소된 건 내게 너무나도 가혹한 일이었다. 바다거북은 끝끝내 모습을 드러내지 않았다. 일행 중에는 바다거북을 봤다는 사람도 있었지만, 그들이 본 건 바다거북처럼 생긴 무언가가 협곡 밑으로 숨어 들어가는 형체일 뿐이었다. 현영도 심해 근처에서 희고 둥근 무언가를 얼핏 보았다고 했는데 그게 정말 바다거북이었는지는 알 수 없었다.

이슬람 식당에 도착해 터틀 퀘스트에 실패한 이야기를 쏟아내며 제발 자리를 마련해달라고 사정하자 머리에 쿠피야를 두른 남자 직원은 고개를 끄덕이며 방

번호를 물었다. 그는 계산대로 걸어가 직급이 더 높아 보이는 사람과 이야기를 나눴다. 두 사람의 대화가 생각보다 길어져 현영은 입구에 설치된 그물 의자에 앉았다. 현영은 그 위에서 그네를 타듯 앞뒤로 몸을 움직이다가 피곤해졌는지 완전히 누웠다. 얼마 후에 남자 직원이 밝은 표정으로 다가왔다. 마침 예약이 하나 취소되었다며 곧 자리를 안내해주겠다고 했다. 그러면서 바다거북을 못 본 것은 정말 안됐다고 위로를 덧붙였다. 현영은 누운 채로 그 말에 대수롭지 않게 대답했다. 그건 괜찮다고. 거북이는 그냥 거북이일 뿐이라고. 오히려 못 본 게 더 특별하지 않냐고. 일부러 손까지 내저으며 웃는 모습을 보자 어쩐지 기분이 상했다.

"남들 다 보는 바다거북을 왜 우리는 볼 수 없는 걸까?"

"그런 거에 의미 부여하지 마. 거북이가 뭐가 그렇게 중요하다고 그래?"

"난 네가 그런 걸 중요하게 여기는 사람이면 좋겠어."

"나도 최선을 다했어. 엄청 헤엄쳤다고. 너는 끝까지 따라오지도 않았잖아."

"그건 손에서 피가 나서 그랬던 거야."

현영의 눈앞에 손바닥을 펼쳤다. 배 위에서 다이빙 매니저가 연고를 발라주었는데도 현영은 내가 다친 줄 전혀 모르고 있었다. 일부러 반창고를 떼 빨갛게 부어오른 살갗을 보였다. 현영은 상처를 살피면서 어쩌다 그랬는지 물었다. 내가 모르겠다고 대답하자 뿔 달린 물고기에 찔린 게 아니냐고 했다.

"그거 다 지어낸 말이라니까. 물고기가 바다거북을 왜 찌르겠어?"

"이유는 모르지만 그럴 수도 있지. 충동이라는 게 있잖아."

"물고기가 누구처럼 만성 기분 저하증이라도 앓고 있나 보네."

내가 내뱉은 말에 현영은 아무 대꾸도 하지 않았다. 나는 곧바로 그렇게 말한 걸 후회했다. 결혼식을 준비하면서부터 나도 모르게 이런 비아냥거림이 잦아졌다. 특별한 다툼이 있었던 건 아니었다. 현영은 모든 게 괜찮다고 했기 때문에 부딪칠 의견조차 없었다. 예식 날짜를 정하거나 장소를 예약하는 것부터, 심지어 드레스 숍이나 스튜디오, 예물과 혼수마저도 나 혼자 모든 것을 결정했다. 현영이 어떤 것도 반대하지 않아 준비는 오히려 수월했다. 다만 유일한 문제는 괜찮다는 대답이 진심으로 좋다는 의미인지, 아니면 아무래도 상관없다는 것인지 구분할 수 없다는 것이었다.

결혼식을 하루 앞둔 날 나의 상태는 예민한 수준을 넘어 거의 신경쇠약에 이르렀다. 결혼식 현수막의 글자가 조금 번진 채로 인쇄된 일이나 예식장에 전시할 웨딩사진 배송이 조금 늦어지는 일이 마치 불길한 복선인 듯 과민하게 굴었다. 그래서 현영이 수면제를 삼켜 응급실에 실려 갔을 때는 차라리 마음이 놓였다. 일어나야 할 일이 일어난 것 같았고, 다행히 우려했던 것 중에 가장 나쁜 일은 아니라는 안도감마저 들었다.

응급실에서 위세척을 세 시간 넘게 받을 때도 현영은 나에게 괜찮다고 말했다. 안 그래도 웨딩드레스가 꽉 껴서 힘들었는데 오히려 잘된 일이라고. 환자복을 입고 손등에 수액을 맞으면서도 그런 말을 태연하게 내뱉었다. 그날 현영은 그저 잠이 오지 않았을 뿐이었다고 했다. 일찍 잠들기 위해 술을 조금 마셨지만 소용이 없었고 침대 위에서 계속 뒤척거리다가 할 수 없이 서랍 속에서 수면제를 모아둔 통을 꺼냈다. 처음에는 두 알 정도만 적당히 먹으려고 했는데 통을 흔들다가 실수로 더 많이 쏟아버렸고 다시 집어넣어야겠다고 생각이 들기도 했지만 순간 그 알약들이 너무 작고 알록달록해 그냥 다 삼켜버리고 싶어졌다. 그래서 결국 모두 입에 털어 넣었고 곧바로 후회해 스스로 구급차를 불렀다.

　　내가 병원에 도착했을 때 현영은 이미 위세척을 마치고 응급실 침대에 누워 있는 상태였다. 보조 의자에 앉아 잠들어 있는 현영을 내려다보는데 마음 같아서는 당장이라도 깨워 화를 내고 싶었다. 도대체 왜 그러는 거냐고. 내일이 결혼식인데 꼭 이래야만 하느냐고. 날 사랑한다면서 그 약을 삼킬 때 내 생각은 조금도 나지 않았느냐고. 하지만 아무 말도 입 밖으로 꺼내지 못했다. 예전에는 나를 사랑한다면 이런 일을 저지를 수 없다고 생각했다. 그러니까 수면제를 이렇게까지 삼키는 건 나를 사랑하지 않기 때문이라고. 하지만 현영이 가끔 술에 취해 이런 일을 벌이는 건 나를 사랑하거나 사랑하지 않는 것과는 아무런 관계가 없었다.

　　처음 현영과 사귈 때만 해도 내가 현영에게 어떤 도움이 될 수 있을 거라고 기대했다. 나를 만난 이후에는 손목을 긋지 않고, 술도 적게 마시며, 삶의 어떤 동기와 활력을 되찾을 거라고. 그건 사실 기대보다 더 구체적이고 강제적이어서 반드시 그래야 한다는 당위에 가까웠다. 그렇기에 현영이 예전처럼 술에 취해 위험한 일을 벌이면 나는 실망했고 동시에 빠져나올 수 없는 자괴감에 시달렸다. 그럴 때마다 현영은 내 잘못이 아니라고 말했지만, 사실은 그게 제일 괴로웠다. 이 모든 게 나와는 상관이 없다는 것. 나를 만나도 똑같다는 것. 내가 곁에 있어도 아무 도움이 되지 못한다는 것. 그런 생각이 자꾸만 나를 어딘가 아득히 먼 곳으로 내몰았다.

이슬람 식당에서 자리가 준비되었다는 신호를 받고 그물 의자에서 일어났다. 직원은 우리를 위해 예약석이라고 쓰인 명패를 치우고 의자 두 개를 빼주었다. 기대했던 것보다 자리가 좋아서 냉랭했던 분위기가 조금 누그러들었다. 현영은 메뉴판을 들고 무엇을 주문할지 고민했다. 저녁 메뉴는 스타터와 메인 요리, 디저트로 나뉘어져 있었다. 음식 이름과 설명을 읽어주며 내게 무엇을 먹겠느냐고 물었다. 마지막 날이니까 먼저 고르라고 내가 선택을 미루자 현영은 더욱 고민하는 척

했다. 평소대로라면 자기는 뭐든 좋다면서 다시 돌려줬을 텐데 내 눈치를 보는 것 같았다. 현영은 스타터로 닭고기와 견과류가 들어간 샐러드를 고르고 메인 요리로 케밥과 무사카를 시켰다. 마지막으로 디저트는 나보고 정해달라고 부탁했는데 어차피 자신은 디저트가 나오기 전에 취해버릴 거라는 게 이유였다.

메뉴를 다 정하고 직원을 불러 음식을 주문하고 물담배와 위스키를 추가로 시켰다. 어떤 브랜드든 상관없으니 도수가 높은 위스키로 달라고 현영이 부탁하자 직원은 곤란한 표정을 지었다. 이곳이 관광지이기는 해도 엄연히 이슬람 식당이기 때문에 위스키를 팔지 않고, 주문할 수 있는 술은 맥주뿐이라고 했다. 그런 법이 어디 있느냐고 항의하자 직원은 코란에 있다면서 미소로 화답했다. 코란에 따르면 천국에는 술이 흐르는 강이 있어 누구나 원 없이 술을 마실 수 있으니 지금은 참아달라고.

식당 직원의 예상과는 다르게 현영은 맥주만으로도 얼마든지 취할 수 있는 사람이었다. 스타터가 나오기도 전에 두 잔을 비워냈고 이미 취기가 올라 더는 말이 통하지 않는 상태가 되어버렸다. 현영은 맥주를 계

속 주문했다. 추가 주문을 받는 직원이 우려스러운 표
정을 지으며 더 마시지 않는 편이 좋겠다고 말려도 소
용없었다. 현영은 괜찮다는 말을 반복하며 맥주를 마시
고 또 마셨다. 나중에는 내 앞에 놓인 맥주까지도 자신
의 자리로 옮겨놓고 마셨다. 그 모습을 지켜보면서 나
는 가능하면 아무 말도 하지 않으려고 노력했다. 대화
를 나누는 대신 비행기 시간과 웹 체크인 방법을 확인
했다. 조금만 방심하면 또다시 현영을 비난하게 될 것
같았다. 만약 그렇게 된다면 여행의 마지막 밤도 완전
히 망쳐버릴 게 분명했다.

　　술잔을 비울수록 앞으로 이어질 상황을 짐작하
는 것은 어려운 일이 아니었다. 곧 현영은 맥주잔을 떨
어뜨리거나 음식을 쏟고, 화장실에 가려고 일어섰다가
넘어질 것이다. 어딘가에 부딪혀 멍이 들 것이고 혼자
서는 몸을 가누지 못할 것이다. 어쩌면 소란을 불쾌하
게 여긴 누군가와 시비가 붙을 수도 있다. 술에 취하면
어떻게 될지 뻔히 알고 있으면서도 그대로 지켜만 봐야
한다는 건 괴로운 일이었다. 그럴 때마다 현영이 원하
는 대로 술을 마시게 내버려둬야 하는지 아니면 억지
로라도 마시지 못하게 말려야 하는지, 어떤 게 현영을 위

한 것인지 도저히 알 수가 없었다. 정말로 사랑한다면 어떻게 해야 하는지.

"그런 생각 하지 마. 이건 그냥 내 문제야."

"이제 결혼도 했으니까 그냥 너만의 문제는 아 닌 거 아니야?"

"정말 괜찮아. 그러니까 너무 걱정하지 마."

현영은 테이블 위에 놓인 붉은색 마우스피스를 입에 물고 파이프를 깊게 빨아들였다. 옅은 시트러스 향의 물담배가 항아리 속에서부터 차올라 코와 입으로 빠져나왔다.

"내가 옆에 있어도 여전히 죽고 싶어?"

"죽고 싶고 그런 거 아니야. 그냥 마음속이 어느 정도 차오르면 가끔 그렇게 되어버릴 때가 있어."

"그런 건 도대체 어떤 거야?"

"그냥 행복한데 불안하고, 그래서 불행하게 느 껴지는 거. 아니면 반대로 불행해서 편안하고, 그래서 행복한 거. 그런 게 쌓이다가 어느 날 목 끝까지 잠겨버 려."

시트러스 향 항아리를 하나 다 비우고 나서 현영 은 크림 향을 추가로 주문했다. 물담배를 피울수록 두

뺨이 점점 더 붉어졌다. 우리는 서로 눈을 마주치지 않고 잠시 번갈아가며 물담배를 피웠다. 뿌옇게 흩어지는 담배 연기는 테이블 위를 헤매다 이내 사라져버렸다.

저녁 식사를 마치고 해안가를 따라 숙소까지 걸었다. 해변에는 사람이 거의 없었다. 리조트 직원 몇 명이 쓰레기를 줍고 선베드 위를 정리하고 있었다. 현영은 그 옆에서 바닷바람을 맞으며 모래사장 위에 잠시 멈춰 섰다. 손가락을 들어 밤하늘에 뜬 별과 별을 이으며 엉뚱한 별자리를 만들어냈다. 술에 취해 비틀거리면서도 밤하늘 위에 무언가를 그려내려고 했는데 그러면서도 가장 밝은 별은 별이 아니라 인공위성이라고 끼워주지 않았다.

숙소로 돌아가려면 워터빌라까지 연결된 나무다리를 건너야 했다. 나무다리는 바다를 한참이나 가로질렀다. 다리 위에 일정한 간격으로 세워진 주광색 전등이 길을 밝혀주었다. 길이 아주 어둡지는 않아도 따로 난간이 없어 조금만 헛디디면 곧바로 바다에 빠질 수도 있었다. 아무래도 위험해 보여 내가 손을 잡아주려고 하자 현영은 괜찮다며 거절했다. 그리고 취하지 않은 걸 증명하기 위해 두 팔을 벌려 균형을 잡으며 직선으로 걸었다. 그 걸음은 뒤에서 보기에는 위태로웠지만 그래도 끝까지 넘어지지 않고 나아갔다.

방문 앞까지 거의 다 와서 현영은 갑자기 무언가를 발견한 듯 가로등 밑에 쪼그리고 앉았다. 밤이 깊었으니 이제 들어가자고 말해도 그곳에서 꼼짝도 하지 않았다. 오히려 손을 흔들며 빨리 와보라고 나를 불렀다. 현영이 내려다보고 있는 곳에는 물고기 몇 마리가 모여 있었다. 나도 현영의 옆에서 물속을 들여다봤다. 물 위에 반사된 빛이 산란해 그 속의 물고기도 덩달아 반짝이는 것처럼 보였다. 물고기는 뿔이 달린 듯 주둥이가 길었다. 하지만 그렇다고 해서 그게 뿔 달린 물고기일 거라는 생각은 들지 않았다. 현영은 쪼그리고 앉아 물고기를 오랫동안 살피다가 어느 순간 흥미를 잃었는지 손바닥을 털고 자리에서 일어났다.

문을 열고 방으로 들어가자 현영은 불도 켜지 않고 곧바로 침대에 누웠다. 그 모습을 확인하고 화장실로 들어가 손부터 씻었다. 차가운 물을 틀어 비누로 상처를 닦아내자 굳은 핏자국이 벗겨졌고 상처 난 부분이 따끔거렸다. 손에 물기를 닦고 낮에 받은 연고를 바른 뒤 화장실 밖으로 나왔는데 어디선가 찬 바람이 불어왔다. 침실의 창문은 절반쯤 열려 있고 침대 위에는 현영이 없었다. 선 덱에서 별을 보고 있나 싶어 큰 소리로 현영을 불러봐도 대답이 없었다. 바깥으로 나가 한 번 더 찾아봤지만 현영은 어디에도 없었다. 혹시 발을 헛디뎌 떨어졌나 싶어 물 아래를 살피는데도 모습이 보이지 않았다. 바다와 연결된 계단은 밀물이 밀려와 오후보다 더 높은 곳까지 물이 들이차 있었다.

고개를 들어 먼 바다를 살펴보자 드넓은 어둠 한가운데에서 물속을 헤엄치는 현영의 뒷모습이 보였다. 어둠 속에서 현영은 너무나도 자유로워 보였다. 아주 편안한 영법으로 팔을 내저으며 조금씩 앞으로 나아가고 있었다. 팔을 뻗을 때마다 현영의 몸이 물속에 잠겼다가 다시 수면 위로 떠올랐다. 현영의 동그란 머리가 바다 위에서 까딱이며 사라졌다가 나타나기를 반복했다. 어디쯤 가고 있는지 확인하려고 부표를 찾았다. 푸른 바다와 검은 바다 경계 어딘가에 분명히 부표가 떠 있을 텐데도 밤의 바다는 전부 검기만 했다.

러브 플랜트

처음 보는 남자 손님이 대뜸 꽃다발을 찾으면 백현준은 마음이 불안해졌다. 애인이나 파트너에게 선물하는 거라면 괜찮지만 혹시라도 누군가에게 고백하려는 거라면 갑자기 머리가 핑 돌고 손발이 떨리면서 호흡까지 가빠졌다. 백현준은 그런 증상을 '고백할 때 제발 꽃 사지 마 공포증'이라고 불렀다. 물론 그런 공포증을 앓고 있다 해도 꽃집 사장이 꽃다발을 팔지 않는다는 건 말이 되지 않았다. 다만 상냥한 어조로 두 사람의 사이가 어느 정도인지, 거절의 가능성은 얼마나 있는지 최대한 상황을 파악했다. 만약 승낙을 거의 받은 상태라면 얼마든지 기쁜 마음으로 꽃다발을 만들 수 있지만, 상대방이 받아줄지 전혀 모르는 상황에서 고백하는 거라면 꽃다발을 묶던 백현준의 손은 단단히 굳어버렸다.

삼십대 중반에 잘 다니고 있던 중공업 회사를 그만두고 꽃집을 차리겠다고 했을 때 주변에서는 그 이유를 전부 이혼 때문이라고 단정했다. 불같이 타올라서 짧은 연애 끝에 성급히 결혼하더니 인간에게 상처를 받아 식물에 집착하게 되었다고. 하지만 그건 오해였다. 백현준은 인터넷에서 유명한 원예 동호회의 원년 회원이었고 주말 과정으로 가드닝 스쿨을 수료한 적이 있을 정도로 오랫동안 꽃과 나무를 취미로 삼아왔다. 이혼 직후 꽃집을 차리게 된 이유는 때마침 지인으로부터 위치가 아주 좋은 점포를 권리금도 없이 양도받을 기회가 생겼기 때문이다. 가게는 회사가 밀집된 도심의 중심 상권에 있었고 1층이었으며 바로 옆에는 은행과 카페도 있었다. 게다가 빌딩을 세운 기업의 회장님께서 로비에 꽃가게가 있으면 건물의 품격이 올라간다고 생각했던 터라 여러모로 이점이 많았다.

비록 이혼이 창업의 계기는 아니어도 꽃집 운영

에 어느 정도 도움이 된 것은 사실이었다. 백현준은 이혼 후 지독한 불면에 시달렸다. 밤마다 자려고 눈을 감으면 가정법 과거완료 형태의 문장이 끊이지 않고 머릿속에 떠올랐다. 결혼하지 않았으면 이혼도 하지 않았을 텐데 같은 조건 부사절 형식의 후회는 스스로 용법을 변형시키면서 무수히 늘어났다. 빈 화분에서도 잡초가 자라듯, 그런 잡념은 아무리 뽑아내도 어느 순간 무성히 피어나 새벽마다 잠을 깨웠다. 그렇게 두 눈을 뜬 채 다시 잠들지 못하고 가만히 침대에 누워 있으면 그냥 이대로 죽어버리고만 싶어졌다. 하지만 죽을 수는 없으니 백현준은 매일 꽃 도매시장으로 향했다. 꽃과 나무로 가득한 비닐하우스 안을 걸으면 한결 기분이 나아졌다. 그렇게 매일 억지로 도매시장에 얼굴을 비추자 처음에는 데면데면했던 상인들도 요즘 보기 드물게 정말 성실한 청년이라며 더 예쁜 꽃과 싱싱한 나무를 차츰 챙겨주기 시작했다.

백현준은 누구보다 먼저 출근해 아침 일찍 가게 문을 열었다. 당일 구매한 꽃과 나무를 사람들이 잘 볼 수 있게 출입문과 로비에 전시하는 게 나름의 전략이었다. 다행히 경비원과 미화원들도 식물을 좋아해 민원이 들어오지 않는 범위 내에서 적극적으로 도와주었다. 물론 그렇게 입구를 예쁘게 꾸며놓는다고 해도 대부분은 출근하느라 꽃까지 챙겨 볼 여유가 없었다. 그저 1층에 꽃집이 있다는 걸 알리는 정도의 효과만 있을 뿐이었다. 하지만 백현준의 노력을 남다르게 알아봐주는 사람도 분명히 있었다. 은행에서 근무하는 이미나 차장은 가장 먼저 출근해야 하는 세팅 당번일 때마다 로비에 전시된 꽃과 나무를 감상하며 시간을 보냈다. 가끔 복도에서 마주치면 백현준에게 젊은 사장이 참 부지런하다며 칭찬해주었는데 나중에는 지점장을 설득해 위클리 플라워 서비스까지 신청해주었다.

처음 이미나 차장이 가게에 손님으로 찾아왔던 날을 백현준은 지금도 선명히 떠올릴 수 있었다. 거래업체 대표에게 꽃다발을 보내려고 후배인 김정한 대리와 함께 왔었는데 김정한 대리는 이미나 차장에게 잘 보이려는 듯 꽃을 고르는 내내 말을 걸었고 이미나 차장은 그의 말을 부담스러워하거나 귀찮아했다. 이미나 차장이 꽃을 살펴보는 동안 김정한 대리는 혼자 가게를 둘러보며 돌잔치 답례품으로 주문받아 감사 카드를 꽂

아놓은 칼랑코에 화분 앞을 서성이더니 대뜸 이미나 차장에게 자녀 계획은 없으시냐고 물었다. 이미나 차장은 정색하면서 자신이 아기를 낳으면 큰일 난다고, 혼자서 아이를 어떻게 낳느냐고 대답했다. 그러자 김정한 대리는 뒤로 넘어질 듯이 놀라더니 결혼하신 거 아니냐고 한 번 더 물었고 이미나 차장은 최대한 미소를 지으며 이렇게 대답했다.

"결혼했지. 이혼도 했고 말이야. 참고로 지점에서 너 빼고 다 알아."

"죄송해요. 전 몰랐어요. 실례를 범했네요."

김정한 대리는 재빠르게 사과했다. 백현준은 아무것도 못 들은 척하며 작업대 위에서 열심히 꽃줄기만 다듬었다. 하지만 이미나 차장은 별로 신경 쓰지 않았고 일부러 들으라는 듯 더 큰 목소리로 김정한 대리를 쏘아붙였다.

"뭐가 죄송해. 네가 친구가 없어서 그런 건데. 그리고 그게 실례인 줄 알면 제발 그런 것 좀 묻지 마. 너 지난번에도 송 과장님 고졸 출신인데 대학교 때 전공 뭐였냐고 물었잖아. 부모님 안 계신 윤 계장한테는 설날에 본가 안 내려가냐고 묻고. 사람이 도대체 왜 그

러는 거야? 너 가끔 나이 많은 여자 고객님 오면 어머
님이라고 부르더라? 그 사람이 어머니인지 아닌지 네
가 어떻게 알고 그래? 연세 좀 있는 여성은 다 어머니
야? 너한테는 디폴트인 게 다른 사람한테는 아닐 수도
있어. 그러니까 다들 널 싫어하는 거야. 너 친구 별로 없
지? 동기들이랑도 안 친하지? 어떻게 내가 이혼한 것도
모르니? 나 이혼한 거는 은행장님도 알고 계셔."

　　　백현준이 이미나 차장에게 호감을 느낀 순간은
그렇게 김정한 대리를 몰아붙이고 계산대로 다가왔을
때였다. 에르메스 클러치백을 열어 법인카드를 꺼내고
환히 웃으며 건네는 바로 그 순간 심장이 요동쳤다. 얼
굴 가득 번진 싱그러운 미소에 백현준은 자신도 모르게
응답하듯 이혼한 사실을 털어놓게 되었다. 지금 생각해
보면 먼저 묻지도 않았는데 일부러 그렇게까지 밝힐 필
요는 없었다. 하지만 그때는 그게 마치 이미나 차장을
지지하는 행위처럼 여겨졌다. 다행히 그 말을 듣고도
이미나 차장은 불쾌해하지 않고 오히려 웃음을 터뜨렸
다. 그러고는 다시 한번 김정한 대리를 나무랐다. 이거
보라고. 세상에 이혼한 사람이 이렇게나 많은데 어쩜
너 좋을 대로만 생각하면서 사냐고. 그러자 김정한 대

리는 의기소침해진 표정으로 백현준에게도 고개를 숙여 사과했다.

　　그 후로 이미나 차장은 로비에서 백현준과 마주치면 전우라고 칭하면서 반갑게 아는 척 손을 흔들었다. 위클리 서비스를 신청해준 이후로는 일주일에 한 번씩은 자연스럽게 얼굴을 마주하고 대화 나눌 기회가 생겨 자연스럽게 더 친해질 수 있었다. 백현준은 이미나 차장에게 도움이 될 수 있도록 퇴직연금 통장을 만들었고 근처 소상공인을 모아 실적이 될 만한 노란우산공제와 방카슈랑스 같은 상품에 가입했다. 이미나 차장도 틈만 나면 업체 사장들에게 백현준의 꽃집을 홍보해주었다. 그렇게 상부상조가 이어지면서 두 사람은 가끔 점심 식사를 같이하는 사이가 되었다. 사실 같이 밥을 먹는 정도의 관계가 되었다는 것만으로도 백현준으로서는 놀라웠는데 그렇다고 해도 이성적인 기류는 흐르지 않았고 어디까지나 사소한 잡담만 나눌 뿐 늘 일정한 간격을 유지한 채 그 이상의 영역은 서로 침범하지 않았다. 특히나 백현준은 이미나 차장에 대한 호감이 커질수록 자신의 일방적인 감정이 상대방을 곤란하게 할까 두려워 더욱 행동을 조심했다.

"요즘 연애는 안 하냐? 남자는 늙어서 혼자 살면 추해진다."

꽃집을 지키고 있으면 가끔 전 직장 동료들이 백현준을 찾아올 때가 있었다. 외근을 나왔다가 잠시 들러봤다는 식이었는데 실제로는 모임에도 일절 나오지 않는 백현준을 일부러 보러 오는 것이었다. 그들은 백현준의 창업을 못마땅하게 여겼다. 산도적같이 생긴 녀석이 무슨 꽃집이냐고 놀리기도 했고 화훼판매업이라는 게 꽃처럼 한 철만 화려한 업종이지 않느냐고 우려하기도 했다. 그뿐만 아니라 그들은 백현준의 연애에도 간섭이 많았다. 아직 젊은데 재혼은 언제 할 거냐고 물었고 우즈베키스탄이나 베트남 쪽에 국제결혼 상대를 찾아보라고 권유했으며 결혼이 싫으면 한번 해봤으니까 그냥 즐기면서 사는 것도 나쁘지 않다고 조언하기도 했다.

한때는 정말 절친했고 결혼식에서 축가도 불러줬던 사이였지만 언제부터인가 백현준은 동료들을 만나는 게 조금 불편해졌다. 그럴 마음이 전혀 없다고 설명해도 그들은 이럴 때일수록 계속 누군가를 만나야 한다고 충고했고, 괜찮은 사람이 있으면 일단 자빠뜨리거

나 고백부터 해보라며 쓸모없는 참견을 늘어놓으면서
시시덕거렸다. 하지만 백현준은 그들의 말에 고개를 끄
덕일 수 없었다. 물론 그건 남자들끼리 으레 하는 허세
섞인 농담일 수도 있지만 백현준은 문득 위화감이 들
었다. 누군가를 좋아한다고 해서 그 상대방에게 자신의
감정을 드러내고 쏟아부을 권리까지 생기는 걸까? 누
군가를 좋아하는 감정은 자신에게는 한없이 아름답지
만 그만큼 또 일방적이라 상대방에게는 어떻게 받아들
여질지 전혀 알 수가 없는데 그렇게 함부로 표현해도
괜찮은 일일까?

"아니, 그러면 어떻게 사귈 거야? 뭐라도 좀 부
딪쳐야 불꽃이 튈 거 아니야?"

불꽃이 튈 정도는 아니어도 백현준은 나름 자신
의 방식대로 이미나 차장에게 마음을 전하고 있었다.
예를 들어 위클리 서비스를 신청해준 것에 대한 답례로
평소 이미나 차장이 자주 눈길을 주었던 율마 화분을
선물했는데 그때 화분 위에 평범한 자갈이 아니라 일부
러 하트 모양의 비싸고 특별한 붉은 돌멩이를 깔았다.
게다가 지점에 방문하는 날이면 수염을 더 말끔하게 정
돈했고 평소에는 잘 안 쓰는 비비 크림을 얼굴에 곱게

펴 발랐으며 은행 내부를 꾸밀 꽃을 고를 때는 이미나 차장이 제일 좋아하는 카라를 꼭 빼먹지 않았다. 사실 백현준은 이런 행동마저도 이미나 차장이 눈치챘을 때 부담스러울까 걱정되고 두려웠지만, 이 정도 표현은 어쩔 수가 없었다. 주먹 쥔 손으로는 누구와도 악수할 수 없으므로 적어도 손을 펴놓고 있다는 것쯤은 보여줄 필요가 있었다. 자신이 먼저 손을 뻗어 악수를 청하지는 않더라도 자신이 악수할 수 있는 사람이라는 걸 상대방이 알 수 있도록.

"살면서 들은 말 중에 가장 한심한 이야기야."

백현준의 말을 들은 직장 동료들은 모두 똑같이 한탄 섞인 한숨을 내뱉었다. 그들은 남자가 좀 적극적으로 나가야 하지 않겠냐고 회유했고 그게 통하지 않자 왜 이렇게 멍청이가 되었냐고 비난하다가 나중에는 이혼이라는 게 한 사람을 이렇게까지나 극단적으로 바꿔놓는다며 안타까워하더니 어서 상처를 훌훌 털고 예전에 보여주었던 자신감 넘치는 모습을 되찾기 바란다는 동정으로 잔소리를 끝냈다.

사실 백현준도 과거에는 누군가에게 관심이 생기면 스스럼없이 감정을 표현하고 사귀자는 고백도 쉽게 하던 사람이었다. 대학교 MT에서 좋아하는 선배를 지목해 고백했다가 차인 적도 있었고, 기숙사에서 몇 번 마주쳤던 여학생에게 같이 저녁 산책이나 하자고 꼬 신 후 자연스럽게 손을 잡았다가 발로 걷어차여 호수 에 빠질 뻔한 적도 있었다. 그때는 도대체 어떻게 그럴 수가 있었던 걸까? 아니, 그것보다 지금은 왜 그럴 수가 없는 걸까? 백현준은 자신이 변해버린 이유에 대해 정 확히 알지 못했지만, 그저 이 모든 게 '고백할 때 제발 꽃 사지 마 공포증'과 연관이 있을 거라는 건 어느 정도 짐작할 수 있었다.

  며칠 전 김정한 대리가 꽃다발을 하나 만들어달 라며 찾아왔을 때도 백현준은 선뜻 주문을 받을 수 없 었다. 친절한 미소로 위장하며 누구에게 선물할 거냐 고 묻자 김정한 대리는 쭈뼛거리다가 아는 사람이 있는 데 축하할 일이 있다고 대충 얼버무렸다. 대수롭지 않 은 대화였고 백현준은 꽃집 사장으로서 그저 손님이 원 하는 대로 예쁜 꽃다발을 하나 만들기만 하면 되는 일 이었다. 그런데 이상하게도 마음이 내키지 않았다. 마 침 꽃망울이 완전히 핀 프리지어와 플럼색 작약이 어서 팔리기만을 기다리고 있었는데도 전혀 손이 가지 않았다. 김정한 대리는 평소답지 않게 지나치게 멋을 부렸다. 정장 재킷도 왠지 새것이었고 바지에는 칼같이 주름이 잡혀 있었으며 구두도 윤이 났다. 은행 로고가 그려진 대형 쇼핑백을 가져와 꽃다발을 그 안에 보이지 않게 잘 담아달라고 요청하는 것도 석연치 않았다. 그리고 결정적으로는 유난히 꽃말에 집착했는데 활짝 핀 '수줍음'의 작약 대신 굳이 '겸손한 사랑'의 히아신스를 넣어달라고 부탁하기도 했다.

꽃다발을 준비하려고 하자 이마에서 식은땀이 흐르고 호흡이 거칠어지면서 손이 제대로 움직이지 않았다. 백현준은 심호흡을 하며 최대한 마음을 다잡았다. 먼저 히아신스와 프리지어를 주재료로 고르고 꽃이 돋보일 수 있게 주변을 녹색 계열의 레몬잎으로 감쌌다. 그리고 옆으로는 희고 밝은 계열의 꽃과 유칼립투스, 루스커스를 스파이럴 방식으로 줄기가 서로 엉키지 않도록 하나씩 덧댔다. 위에서 내려다봤을 때 동그란 반구 형태가 얼추 잡히자 일단 높낮이를 정리해 마음에 드는지 먼저 보여주었다. 김정한 대리는 예쁘다고 감탄하면서 여자들이 좋아하겠다고 덧붙였다. 그런데 그 한 마디가 왜인지 백현준의 손을 다시 마비시켰다. 연겨자색 포장지를 작업대 위에 깔고 방수 테이프를 적당한 길이로 잘라내 그대로 묶기만 하면 완성인데도 도저히 이대로는 작업을 끝낼 수가 없었다. 백현준은 잠시 망설이다가 보라색 아네모네 한 송이를 꺼내 히아신스 한 가운데에 몰래 심었다. 아네모네의 꽃말은 배신, 단념 그리고 사랑의 괴로움이었다.

그날 저녁 백현준은 영업을 끝냈지만 퇴근하지 못하고 가게에 남아 드라이플라워로 판매용 엽서를 만들었다. 미처 다 사용하지 못한 안개꽃과 미스티블루를 그늘지고 바람이 선선히 부는 천장 위에 매달아서 말렸다가 직사각형 용지 위에 티본과 함께 글루건으로 붙였다. 꽃 엽서는 의외로 인기가 많았는데 만약 다 팔지 못하더라도 서비스로 챙겨주기 좋아 일주일에 한 번씩은 이렇게 야근하며 재고를 확보했다. 작업은 밤 10시가 조금 넘어서 끝났고 백현준은 로비와 정문에 세워두었던 화분을 들여오려고 바깥으로 나갔다. 가장 무거운 고무나무부터 옮기려고 소매를 걷어붙이는데 어디선가 익숙한 목소리가 들려왔다. 혹시나 싶어 주변을 살피자 주차장 한쪽 끝에서 이미나 차장이 김정한 대리와 실랑이를 벌이고 있었다.

　　덩치가 커서 고무나무 정도로 몸이 가려지진 않지만 그래도 백현준은 최대한 자세를 낮추고 나무 뒤에 숨어 두 사람이 있는 쪽을 훔쳐봤다. 이미나 차장과 김정한 대리는 상당히 취해 보였다. 걸음걸이부터가 휘청거렸고 주고받는 대화의 발음이 뭉개졌으며 언성도 지나치게 높았다. 이미나 차장은 김정한 대리를 밀쳐내고 대리기사에게 전화를 걸어 빨리 좀 와달라며 재촉했다. 김정한 대리는 그 앞에서 낮에 산 꽃다발을 왼손에 쥔 채 단단히 화가 난 사람처럼 씩씩거리고 있었다. 이미나 차장이 전화를 끊고 자동차 안으로 들어가려고 하자 김정한 대리는 차 문을 손으로 짚으며 막아서더니 얘기를 좀 더 하자고 화를 냈다. 이미나 차장은 술기운 때문에 머리가 지끈거리는 건지 아니면 김정한 대리 때문에 골치가 아픈 건지 자동차에 몸을 기댄 채 한숨을 내쉬며 고개만 절레절레 저었다.

　　"왜 이렇게 겁을 내요? 날 한번 믿어보라고요."

　　"뭔 소리야. 그냥 난 네가 별로라고."

　　"그렇게 밀어내지 마시고요. 용기를 좀 내보세요."

　　김정한 대리는 이미나 차장에게 소리치면서 왼

손에 쥔 꽃다발을 위아래로 흔들었다. 그럴 때마다 히아신스의 여린 꽃잎이 한두 개씩 떨어져 허공 위에 흩날렸다. 그렇게 한참을 답답해하던 김정한 대리는 갑자기 톤을 낮추고 조금 더 애절한 어조로 매달리기 시작했다. 차장님의 과거가 어떻든 자신은 조금도 신경 쓰지 않는다고. 망설이지 말라고. 김정한 대리의 목소리는 점점 더 떨리며 진정성을 더해갔다. 하지만 이미나 차장은 고개를 옆으로 돌리고 아무 대답도 하지 않은 채 먼 곳만 쳐다봤다. 그런 완고한 태도에 김정한 대리는 좌절하며 체념한 듯 몇 걸음 떨어졌다. 그러다가 갑자기 돌변해 이미나 차장을 강제로 끌어안으려고 했다.

그 순간 백현준은 자신도 모르게 뜨거운 분노가 골반에서부터 등줄기를 타고 머리끝까지 솟구치는 걸 느꼈다. 그 분노는 백현준을 지배해버렸고 지금 당장 눈앞에 있는 고무나무 화분을 번쩍 들어 올려 김정한 대리의 머리통을 내려치라고 명령했다. 실제로 백현준의 머릿속에서는 그런 상상이 꽤 구체적으로 재현되었다. 영화나 드라마 속 주인공처럼 달려들어 김정한 대리를 때려눕히는 장면이었다. 굳이 화분 같은 걸 이용하지 않아도 마르고 가냘픈 김정한 대리 정도는 가볍게 한 손으로 제압할 수 있었다. 몇 번을 싸워도 절대 지지 않을 자신이 있었는데, 문득 그런 상상의 끝에서 자신이 왜 이따위 생각을 하고 있는 건지 소름이 끼쳤다. 지금 상황에서 김정한 대리와 싸워서 이길 수 있다는 게 도대체 무슨 상관인 걸까? 백현준은 그런 감정이 너무나도 유해하고 해롭게만 느껴져 속이 역겨워졌다.

한순간 머리가 식으면서 분노가 가라앉았고 다시 머리 꼭대기에서부터 등줄기를 타고 골반까지 자기혐오와 죄책감이 역류했다. 백현준은 콘크리트 바닥에 뿌리를 내린 듯 제자리에 두 다리를 붙이고 그대로 꼼짝하지 않았다. 그러는 동안 이미나 차장은 김정한 대리의 얼굴을 과격하게 밀쳤고 어깨에 메고 있던 에르메스 토트백을 직각으로 세워 날카로운 모서리로 정수리를 사정없이 내리쳤다. 김정한 대리는 망치로 두들겨 맞는 대못처럼 에르메스 토트백이 머리에 닿을 때마다 몸이 찌그러졌다. 이미나 차장은 기세를 늦추지 않고 쪼그려 앉은 김정한 대리의 머리와 등을 쉴 새 없이 두들겨 팼다. 김정한 대리는 결국 바닥에 완전히 엉덩방아를 찧고 뒤로 넘어졌는데 매질은 그 이후에도 멈추지 않았다. 그 과정을 지켜보면서 백현준은 안심하며 열렬한 마음으로 이미나 차장을 응원했다. 그러다 숨을 고르는 이미나 차장과 눈이 마주쳤다. 이미나 차장은 놀란 눈치였지만 애써 태연한 척 눈짓으로 가볍게 인사를 건넸다. 백현준도 뒤늦게 고무나무 뒤로 다시 숨으려다가 포기하고 몸을 일으켜 어정쩡하게 인사를 받았다.

사건이 있은 뒤로 주말이 될 때까지 백현준은 이미나 차장과 만나서 대화를 나누고 싶었지만 좀처럼 마주치는 일이 없었다. 김정한 대리는 모습이 보이는데 이미나 차장이 출근하지 않는 게 이상해서 은근슬쩍 서비스 매니저에게 물어보자 연차를 썼다고만 했다. 백현준은 혹시라도 먼저 연락을 해보는 게 좋을지 고민했다. 어딘가 다치거나 아픈 건 아닌지 궁금했고 자신이 비밀을 지키겠다고 먼저 약속해주고 싶었다. 하지만 백현준은 하루에도 수십 번씩 휴대전화를 쥐었다가 끝끝내 다시 내려놓으며 먼저 연락하지 못했다. 그렇게 괴로운 기다림이 평일 내내 이어졌는데 거짓말처럼 토요일에 출근해보니 이미나 차장이 가게 앞에서 백현준을 기다리고 있었다.

백현준은 주말에 가게 문을 평소보다 늦게 열었

다. 점심시간이 될 즈음에야 도착했는데 이미나 차장이 문 앞에서 예전에 선물받았던 율마 화분을 들고 있었다. 반가움을 숨기지 못하고 한걸음에 달려가 어쩐 일이냐고 묻자 이미나 차장은 노랗게 시든 율마를 내밀었다. 잎이 푸르고 무성했던 율마는 물 때를 제대로 맞추지 못했는지 전부 색이 변해 있었다. 백현준은 서둘러 가게 문을 열고 율마를 작업대 위에 올려놓았다. 상태를 살펴보니 이미 전체적으로 갈변되어서 시기를 놓친 것 같았다. 이미나 차장은 상당히 억울해하며 야근과 회식 때문에 한두 번 물을 못 줬는데 별안간 이렇게 되어버렸다고 속상해했다.

"원래 율마는 그래요. 타이밍을 한 번만 놓쳐도 금방 이렇게 시들어버리거든요."

"너무 예민한 아이네. 다시 잘 관리해주면 살아나요?"

"뿌리가 마르지 않았으면 살아날 수도 있는데, 그래도 시든 부분은 다 잘라내야 해요."

이미나 차장은 팔짱을 끼고 갈변된 율마를 내려다보았다. 그 눈빛에는 이렇게 되기 전에 조금 더 잘 챙겨줬어야 한다는 후회와 그렇다고 아예 방치한 적도 없고 나름대로 관심을 쏟았는데 어떻게 이렇게 한순간에 변해버릴 수가 있냐는 원망이 동시에 담겨 있었다.

"식물 키우기도 참 어렵네. 나 같은 성격은 못 키우겠는데요?"

"그래도 키우다 보면 식물만의 매력이 또 있어요."

"연애하는 것도 아닌데 이렇게 손이 많이 가면 어떡해요."

"연애보다는 훨씬 쉽죠. 적어도 식물은 좋아한다고 막 달려들지는 않잖아요."

백현준은 그렇게 말하고 입꼬리를 살짝 올려 미소를 지었다. 그러자 이미나 차장이 미간에 주름을 잡으며 백현준의 얼굴을 빤히 쳐다봤다. 방금 들었던 말의 의미를 가늠하느라 의심과 경계가 가득 찬 눈빛이었다. 백현준은 그에 응답하듯 손가락 하나를 펼쳐 자신의 입술 위에 가져다 댔다. 그건 며칠 전 김정한 대리와 있었던 일을 누구에게도 말하지 않겠다는 다짐이자 약속이었다. 이미나 차장은 썩 신뢰가 가지 않는다는 듯 눈을 작게 뜨고 백현준을 노려보다가 이내 믿어보겠다는 의미로 천천히 고개를 끄덕였다.

시든 율마의 순을 일일이 떼다가 백현준은 차라리 온전한 잎을 찾아 토분에 다시 삽목하는 게 낫겠다는 생각이 들었다. 부스스한 이파리를 손으로 헤집으며 안쪽을 살펴보니 뿌리 가까운 쪽에 아직 쓸 만한 줄기를 찾을 수 있었다. 작고 흰 토분을 두 개 꺼내 바닥에 난석을 갈고 배양토와 상토를 덮은 후 삽수로 정한 줄기를 새로 심었다. 이미나 차장은 커다랗던 율마가 이렇게나 작아졌다며 웃음을 터뜨렸다. 백현준은 삽목한 작은 율마 두 개 중 하나를 쇼핑백에 집어넣고 다른 하나는 가게에서 제일 햇볕이 잘 드는 창가 옆에 놓았다.

"뿌리가 나려면 반년은 걸릴 거예요. 그동안 겉흙이 마르지 않게 물을 듬뿍 주고 햇볕도 자주 보여주세요. 과습되지 않게 통풍에도 신경 써주시고요."

"근데 왜 하나는 말도 없이 가져가요? 저거 내 거 아닌가?"

"혹시 이번에도 죽일까 봐요. 하나는 제가 키워드릴 테니까 나중에 찾으러 와요."

백현준이 장난스럽게 웃으며 말하자 이미나 차장은 승부욕이 끓어오르는지 이번에는 죽이지 않고 잘 키워보겠다고 의욕을 드러냈다. 그렇게 삽목한 토분을 나누자 작업대 위에는 시든 율마만 덩그러니 남았다.

"애는 그럼 어떡하죠? 이미 죽은 건가?"

"죽은 건 아니지만 다시 살아나지도 않겠죠."

백현준은 자신이 그렇게 말해놓고도 어쩐지 서글퍼져 말을 잇지 못했다. 침울한 표정으로 율마를 바라보자 이미나 차장이 어린아이의 머리칼을 쓰다듬듯 시든 율마의 이파리를 다정하게 어루만졌다. 이미나 차장은 죽은 게 아니라면 혹시 모르니까 계속 키우겠다고 했다. 그래도 소용없을 거라고 백현준이 말리자 젊은 양반이 왜 이렇게 비관적이냐며 어깨를 세게 한 대 내리쳤다. 그러면서 딱히 살아나지 않아도 별로 상관없다고 했다. 이렇게 되어버린 거 이런 상태로 살 만큼 살다가 죽으면 그것도 나름대로 의미 있는 게 아니냐고. 이미나 차장은 토분이 담긴 쇼핑백을 어깨에 메고 율마 화분을 두 손으로 번쩍 들었다. 그리고 주차장으로 걸어가는데 백현준이 쫓아와서 무거우니까 같이 들어주겠다고 해도 율마에게 비관 바이러스가 옮으면 큰일 난다며 한사코 도움을 거절했다.

그날 시간 있으면 점심을 같이 먹자고 먼저 제

안한 사람은 의외로 백현준이었다. 율마를 자동차 트렁크에 신고 작별 인사를 하기 위해 마주 보았는데 그 순간 묘한 공백이 생겼다. 누구라도 먼저 조심히 들어가라고 말하기만 하면 되는 상황이었지만 누구도 먼저 인사하지 않았다. 잠시 서로의 얼굴만 빤히 쳐다보는 그 짧은 침묵의 끝에서 백현준이 먼저 근처에 맛있는 카레집이 생겼는데 같이 점심을 먹자고 말했다. 이미나 차장은 반색하며 오, 카레요? 라고 되묻더니 휴대전화를 켜 시간을 확인하고는 순순히 고개를 끄덕이며 그러자고 대답했다.

　　　가게 문을 잠그고 카레집까지 같이 걸어가는 동안 백현준은 묘하게 긴장되었다. 늘 사람으로 북적였던 거리를 주말에 단둘이 한가롭게 걷고 있으니 평일에 같이 점심을 먹던 때와는 다르게 데이트라도 하는 기분이 들었다. 거리에는 구청의 공원녹지과에서 심은 코스모스가 만개해 있었다. 자세히 보니 코스모스뿐만 아니라 흰 꽃잎의 구절초와 보랏빛의 쑥부쟁이 같은 국화과 꽃들도 화단 가득 피어 있었다. 꽃들은 당장이라도 달려와 안길 듯이 꽃잎을 활짝 펼쳐놓고 있었는데 그 모습이 꼭 누군가에게 안아달라고 두 팔을 벌린 모습처럼 보였다.

"예전부터 궁금했는데 엑스랑 왜 헤어졌는지 물어봐도 돼요?"

이미나 차장의 질문에 백현준은 곧바로 대답하지 못하고 어설프게 시간을 끌며 잠시 눈치를 살폈다. 평소라면 이런 사적인 질문은 오가지 않았을 텐데 의외라고 생각했다. 이미나 차장은 백현준이 망설이자 본인의 이야기를 먼저 털어놨다. 자신의 경우는 처음부터 아이를 낳지 않는 것으로 합의하고 결혼했다가 남자 쪽에서 자녀를 원하게 되어 갈라서게 된 거라고. 그리고 앞으로도 동거는 해도 다시 결혼할 생각은 없다고. 이미나 차장은 그렇게 말해놓고 다시 백현준의 차례를 기다렸다. 백현준은 숨이 조여왔는데 이 모든 게 마치 비밀 유지를 위해 더 큰 서로의 비밀을 담보로 하나씩 교환하는 의식처럼 느껴졌다.

"이혼한 사람 중에 자신이 유책배우자라고 하는 사람 한 명도 없는 거 알죠?"

헤어진 아내와 관련된 이야기를 꺼낼 때면 백현준은 최대한 아무 감정도 싣지 않고 잘 훈련된 AI가 적시된 사실을 구술하듯 무덤덤하게 말하고 싶었다. 하지만 매번 그게 제대로 성공하는지는 알 수 없었다. 소송을 시작할 때만 해도 가정이 파탄 난 이유가 상대방의 나쁜 술버릇 때문이라는 걸 판결문에 반드시 명시하고 싶었지만, 이제는 고작 그런 몇 마디 문장으로는 관계라는 것을 정의할 수 없다는 걸 깨달았다. 그러니까 유책이라는 말은 누구에게 더 책임이 있다는 의미일 뿐이고 이혼소송은 피해자와 가해자를 가리는 재판이 아니었다.

　　　출장이 잦은 중공업 회사의 특성상 부서에는 남성 직원이 다수였다. 백현준의 아내는 정말 오랜만에 들어온 여성 신입이었다. 부서에 여자가 적다고 해서 따로 뭔가를 배려하거나 편의를 봐주는 분위기는 아니었다. 현장에도 똑같이 투입되었고 2인 1조로 지방 출장을 갈 때도 성별은 전혀 고려하지 않았다. 우연의 일치로 백현준은 아내와 함께 자주 출장을 배정받았다. 사실 백현준은 아내와 함께하는 출장이 마냥 편하지는 않았다. 보통은 남자끼리 가더라도 저녁만 간단하게 먹고 각자 숙소에 들어가서 쉬는 게 암묵적인 약속이었는데 아내와 출장을 가면 꼭 새벽까지 술을 마셔야 했다. 그것도 그냥 가볍게 마시는 게 아니라 이러다간 죽을 수도 있지 않을까 싶을 정도로 마셨다.

평상시에는 아무 문제가 없는 사람이었지만 아내는 유독 술버릇이 좋지 않았다. 술에 완전히 취해버리면 몸을 제대로 가누지 못했고 기억도 끊겼다. 하지만 그것보다 심각한 문제는 진땀을 흘려가며 겨우 방으로 들여보내도 맥주만 한 잔 더 하자면서 기어코 백현준의 방문을 두드리는 것이었다. 그렇게 같이 출장을 갈 때마다 아내는 백현준의 침대에서 잠들었고 백현준은 아내의 방 열쇠를 찾아 그쪽으로 옮겨 가거나 자신도 너무 취한 날에는 그냥 바닥에서 자버리기도 했다. 그런 일이 여러 번 반복될수록 백현준은 이게 어떤 의미인지 혼란스러웠다. 어쩌면 자신이 이미 아내와 사귀고 있는 사이인지도 모르겠다는 생각마저 들었는데 그럴 때마다 아내는 아무것도 모르겠다는 표정으로 술에 취해 기억나지 않는다며 백현준의 착각을 부정해주었다.

직장 동료 중에 아내와 함께 출장을 갔을 때 백현준과 비슷한 일을 겪은 사람은 없었다. 일단은 저녁도 같이 먹어본 적 없는 경우가 대부분이었고 술까지 마신 사람은 백현준이 유일했다. 일단 그게 백현준에게는 남다른 의미로 다가왔다. 어쩌면 이 모든 게 어떤 시

그널이며 그린라이트일지도 몰랐고, 이 정도로 신호를 받았으면 남자가 적극적으로 밀어붙여야 하는 게 아닐까 고민하게 되었다. 그래서 백현준은 동료들에게 이런 고민을 털어놓았다. 예상대로 동료들 역시 이건 백 퍼센트라며 바람을 잡았다. 그날 이후 부서 차원에서의 전폭적인 지원 사격이 시작되었다. 동료들도 두 사람 사이를 대놓고 몰아갔다. 아내는 그런 분위기를 괴로워하면서 정식으로 해명을 부탁했지만 백현준은 오히려 직접 만든 꽃다발을 공개적으로 선물하며 이렇게 된 거 이제는 사귈 수밖에 없다고 아내를 설득했다.

　　돌이켜보면 아내는 단 한 번도 백현준과의 관계에 있어서 명확한 태도를 보인 적이 없었다. 물론 백현준이 머리에 총을 들이대면서 협박했던 것도 아니고 다 큰 성인이 억지로 밀어붙인다고 마냥 끌려갔다는 것도 말이 안 되지만, 적어도 사귈 때든 결혼을 결정할 때든 언제나 유보적이거나 불안해하며 망설였던 것만큼은 분명했다. 그럴 때마다 결정을 강요한 사람은 백현준이었다. 부서에도 소문이 다 났는데 안 사귀는 게 말이 되냐고. 사귄 이후에는 우리가 서로를 사랑하고 둘 다 적령기인데 결혼을 미룰 필요가 있냐고. 심지어 이혼을

요구할 때도 네가 결혼하고 나서도 술에 취하면 집을
못 찾아오고 다른 남자의 등에 업혀서 돌아오는데 어떻
게 같이 살 수 있겠냐고. 그러니까 처음 사귈 때부터 결
혼해서 헤어질 때까지 백현준은 언제나 철저하게 자기
중심적이었다.

"씨발새끼야, 이럴 거면 너는 나한테 왜 결혼하
자고 했어?"

두 번째 변론 기일에 아내는 만취한 상태로 출
석했고 진술 도중에 울음을 참지 못해 눈물을 흘리다가
그렇게 소리쳤다. 그 자리에서 백현준은 결혼하면 네가
좀 달라질 줄 알았다고 응수하면서 그렇게 술을 못 끊
겠으면 평생 혼자 술이나 처마시면서 살라고 폭언을 퍼
부었다. 게다가 판사에게 저런 모습을 좀 보라고, 저렇
게 주사가 심한 사람과 어떻게 같이 살 수 있겠냐고 비
난하기도 했다. 하지만 법적으로 모든 게 정리되고 몇
년이 지난 지금까지도 백현준은 자려고 눈을 감으면 그
때 자신을 노려보던 아내의 눈동자가 떠올랐다. 붉게
충혈된 눈동자 속에는 원망만이 가득했다. 그 원망은
백현준의 가슴속 깊은 곳에 단단히 뿌리를 내렸고 시간
이 지날수록 억세져 평생 잘라낼 수 없는 후회로 자라

났다.

좀처럼 잠들 수 없는 불면의 밤을 수없이 지새
우면서 백현준은 아내의 질문에 스스로 대답을 구해봤
다. 그때 백현준은 왜 아내에게 결혼을 종용했던 것일
까? 물론 아내를 좋아했던 게 가장 큰 이유였다. 하지만
살면서 좋아했던 모든 사람과 결혼한 건 아니니까 그것
만으로는 충분한 대답이 되지 않았다. 그저 결혼할 시
기가 되었기 때문이라고 설명하기에도 그렇게 단순한
문제가 아니었다. 당시 백현준은 분명히 뭔가에 취해
있었다. 회사에서 인기가 많던 아내를 차지하게 됐다
는 자부심 같은 게 있었을 수도 있고, 술만 마시면 인사
불성이 되는 아내의 나쁜 버릇을 자신이 얼마든지 고칠
수 있다고 오만하게 자신하기도 했다. 그리고 더 나아
가서 이렇게 불안정한 사람을 자신이 남자로서 책임져
야 한다는 이상한 강박에 사로잡혀 있었는데 그건 사실
누구도 바라지 않은 혼자만의 비틀린 열정이었고 일방
적인 망상에 불과했다.

카레를 다 먹고 백현준과 이미나 차장은 가게
로 돌아가기 위해 거리로 나왔다. 누군가 먼저 말한 것

도 아닌데 자연스럽게 조금 더 멀더라도 공원을 지나는 쪽으로 발걸음이 향했다. 손을 잡기에는 멀고 떨어져서 걷는다고 보기에는 가까운 거리를 유지하며 두 사람은 산책로를 나란히 걸었다. 그러다 간격이 벌어지면 이미 나 차장이 앞서가는 백현준에게 천천히 가자고 말했다. 백현준은 곧바로 보폭을 줄여서 이미나 차장과 다시 어깨를 마주하려고 했다. 하지만 그럴수록 이상하게도 이미나 차장은 아까보다도 더 느리게 걸었고 백현준은 계속 반걸음 정도 앞서가게 되었다.

산책로에는 낙엽이 수북이 쌓여 걸음을 내디딜 때마다 짙붉게 물든 마른 잎사귀가 발밑 가득 밟혔다. 나무는 며칠 내린 비바람을 견디지 못해 앙상하게 헐벗고 있었다. 백현준은 고개를 들어 나뭇가지를 올려다봤는데 하늘을 향해 손을 뻗듯 여러 갈래로 갈라진 나뭇가지는 나무가 미처 이루지 못한 꿈처럼 보였다. 이미나 차장도 그 옆에서 잠시 걸음을 멈추고 똑같이 나무 위를 바라보았다. 얽히고설킨 나뭇가지 틈 사이로 가을 햇살이 눈부시게 쏟아졌다. 그 순간 어딘가에서 불어온 바람에 아주 작은 단풍잎 하나가 이미나 차장의 옷에 달라붙었다. 이미나 차장은 그 단풍잎을 떼어내 손바닥

위에 올려놓고 신기해했다. 백현준도 손바닥 위에 놓인 노랗고 붉은 단풍잎을 내려다봤다.

"혹시 이혼한 거 많이 후회해요?"

"후회하죠. 이혼한 거 말고 결혼한 걸 말이에요. 내가 그렇게 밀어붙이지 않았다면 둘 다 불행한 일을 겪지 않아도 됐을 거라는 생각이 들어요."

백현준의 대답에 이미나 차장은 아무 말도 하지 않고 생각에 잠겼다. 그러다 여전히 미련이 남아 있는 게 아니냐고 조심스럽게 물었다.

"그런 건 아니에요. 이제는 그립지도 그리 밉지도 않아요."

"그래도 다 정리가 안 된 사람처럼 보여요."

"소송으로 헤어지면 바닥을 본다고 하잖아요. 그러니까 그건 상대방 바닥도 보지만 결국 내 바닥도 보게 되는 거예요. 전 저의 밑바닥을 완전히 봐버린 것 같아요."

공원을 빠져나오자 오래된 단독주택을 개조한 카페가 나타났다. 벽돌로 지어졌고 넓은 마당이 있으며 담장에는 넝쿨식물이 한가득 매달려 있었다. 이미나 차장은 평소에 가보고 싶었던 곳이라며 입구 앞에 서서

마당 안쪽을 들여다보았다. 마당에는 낙엽이 쌓인 테이블과 의자가 한두 개 놓여 있었고 그 옆으로 이 집을 짓기도 전부터 제자리에 있었을 것 같은 커다란 감나무가 한 그루 보였다. 감나무는 키가 워낙 커서 담장 너머로까지 가지를 뻗고 있었다. 가지 끝에는 크고 단단해 보이는 진녹색의 이파리가 몇 겹씩 짝을 이뤄 이미 떨어지고 없는 열매의 빈자리를 여전히 지키고 있었다.

카페 앞에서 이미나 차장은 신난 아이처럼 굴었다. 건물의 외부를 살펴봤고 휴대전화로 사진을 찍기도 했다. 그 모습을 뒤에서 지켜보던 백현준은 커피도 한 잔하고 가겠냐고 묻고 싶었는데 막상 그 말을 입 밖으로 내뱉으려고 하니 갑자기 온몸에 목질화가 일어난 것처럼 팔다리가 뻣뻣해지고 몸과 머리가 경직되어버렸다. 백현준은 나무가 된 것처럼 제자리에서 꼼짝할 수 없었다. 그렇게 한동안 멀뚱히 서 있자 이미나 차장이 이상하다는듯 백현준을 물끄러미 쳐다봤다. 이미나 차장은 고개를 갸웃하며 혹시 차를 마시고 가겠냐고 먼저 물었다. 백현준은 속마음으로는 그러고 싶었지만, 고개가 끄덕여지지 않았다. 카페에 불이 켜져 있고 원두 볶는 향기가 은은하게 퍼졌으며 클래식 피아노 연주 소리

역시 잔잔하게 들려오는데도 아직 카페가 문을 열지 않은 것 같다는 엉뚱한 말만 대신 튀어나왔다. 이미나 차장은 그런가? 하며 카페 쪽을 힐끔 돌아봤다가 아쉽다고 혼잣말을 뱉으면서 걸음을 되돌렸다.

공원을 빠져나와 주차장 근처에 거의 도착할 무렵 이미나 차장은 다음 주부터 지점을 떠나 본점으로 출근하게 됐다는 사실을 백현준에게 알려주었다. 원래 근무했던 부서에 갑자기 공석이 생겼는데 마땅히 그 업무를 맡을 수 있는 사람이 자신밖에 없어서 일단은 파견 형태로 갔다가 정기 인사 발령 때 정식으로 이동할 예정이라는 것이었다. 백현준은 그 이야기를 듣고 자신도 모르게 얼빠진 표정을 지었다. 이미나 차장은 본점도 그렇게 멀지는 않으니까 가끔 화분 사러 놀러 오겠다고 덧붙였다. 그러는 사이 두 사람은 주차장 안으로 들어왔고 어느새 자동차 앞에 멈춰 섰다. 이미나 차장은 차에 타기 전 백현준에게 지점을 떠나도 계속 VIP 고객으로 특별 우대 해줘야 한다고 장난치듯 약속을 받아냈다. 백현준은 당연하다고, 언제든 들러달라고, 율마도 잘 키우고 있을 테니 꼭 다시 데려가라면서 최대한 미소를 머금었다. 하지만 막상 말을 끝내고 나니까 이게 마치 영영 마지막일 것 같은 기분이 들어 다시 표정이 어두워졌다.

싱거운 작별 인사가 끝나고 이미나 차장은 운전석에 올랐다. 시동이 걸리고 자동차가 부르르 떨리며 바퀴가 풀리자 백현준은 뒤로 조금 물러섰다. 자동차는 주차선 바깥으로 후진했다가 차단기가 있는 곳으로 천천히 전진했다. 주차장을 벗어나기 전에 이미나 차장은 운전석 창문을 내려 바깥으로 손을 내밀어 백현준을 향해 경쾌하게 흔들어주었다. 백현준도 그에 맞춰 손바닥을 펼쳐 이미나 차장이 잘 볼 수 있도록 하늘 높이 뻗었다. 자동차가 주차장을 완전히 빠져나가고 시야에서 완전히 사라질 때까지 백현준은 제자리에서 계속 손을 들고 있었다. 차단기가 내려간 이후에도 백현준은 한참 동안 손을 내릴 수 없었다.

이미나 차장이 지점을 떠난 이후 백현준의 삶은 크게 달라지지 않았다. 평소와 똑같이 새벽 일찍 도매시장에 들러 꽃과 나무를 샀고 밤에는 가게 문을 닫아놓고 늦게까지 드라이플라워 엽서를 만들었다. 그러는 동안 겨울이 지나갔고 새해를 맞았으며 또 다른 봄이 찾아왔다. 그사이 백현준의 가게에는 여러 사람이 다녀갔다. 직장 동료 중 한 명은 승진 축하 난을 주문하러 와서 오랜만에 저녁이나 같이 먹자고 하더니 대뜸 소개팅을 해주겠다며 모르는 사람의 연락처를 건넸다. 백현준이 괜찮다고 거절하자 그러지 말고 고민해보라며, 네가 결혼하게 된 데는 자신들의 책임도 있으니까 사후 관리를 해주고 싶다는 속마음을 털어놓았다. 네 마음이 어떤지 정확히는 모르겠지만 그래도 너무 자책하지 않았으면 좋겠다고.

가끔은 김정한 대리도 백현준의 가게에 들렀다. 꽃다발을 사러 오는 건 아니었고 전자파 차단에 도움이 된다는 스투키를 하나 사러 왔다가 그다음에는 클루시아도 키워보겠다며 일부러 한 번 더 찾아왔다. 가게에 올 때마다 김정한 대리는 백현준이 묻지도 않았는데 이미나 차장의 근황을 알려주었다. 지금 본부의 핵심 부서에서 굉장히 중요한 업무를 맡고 있으며 최근에는 프로젝트팀에 파견되어 정말 정신이 없을 거라고. 그런 이야기를 들려주면서 김정한 대리는 백현준의 반응을 조금씩 살폈는데 그때마다 백현준은 자신이 고무나무라고 최면을 걸면서 최대한 아무 표정도 짓지 않으려고 노력했다.

　　날씨가 풀리고 서서히 봄 햇살이 드리워지면서
백현준의 일상에는 한 가지 변화가 생겼다. 그건 바로
주말에도 평일과 똑같이 새벽에 출근하는 것이었다. 딱
히 주문받아놓은 게 없어도 도매시장에 들러 꽃을 구
경하다가 정 살 게 없으면 카라 한 단을 골라 가게로 향
했다. 가게에 도착하면 먼저 불을 켜고 화분을 바깥으
로 내놓은 뒤 내부를 깔끔하게 정리했다. 죽은 잎을 정
리하고 바닥에 쌓인 먼지를 쓸고 평일에는 바빠서 미처
신경 쓰지 못했던 유리창도 열심히 닦았다. 주말에는
은행도 카페도 문을 열지 않아 찾아오는 손님이 거의
없어서 건물 안이 휑뎅그렁하기만 했다. 하지만 백현준
은 평소와 똑같이 꽃과 나무를 꺼내놓고 예쁘게 로비를
꾸몄다. 가끔 햇살이 좋은 날에는 삽목해두었던 율마에
물을 듬뿍 주고 가장 양지바른 곳을 찾아 햇볕을 쬐주
기도 했다. 언젠가 바닥에 단단한 뿌리를 내려 다시 한
번 무성한 이파리를 피우길 기다리며.

에세이

모든 연애의 기록

언젠가 들은 이야기다. 젊은 소설가의 합평 수업에 환갑이 넘은 아주머니가 조심스럽게 문을 열고 들어왔다. 아주머니는 수줍은 얼굴로 눈치를 살피며 맨 뒷줄에 앉았다. 첫 수업이어서 시작 전에 수강생들과 환담 중이던 소설가는 아주머니에게 다가가 어떤 소설을 쓰고 싶어 오셨냐고 물었다. 아주머니는 한참이나 망설이며 말을 골랐다. 가져온 볼펜을 손가락에 끼우고 이리저리 돌리면서 오랫동안 고민하다가 이렇게 대답했다. "아무래도 역시 연애죠." 누군가 내게 어떤 소설을 쓰고 싶냐고 물으면 언제나 이 일화가 떠오른다. 쓰고 싶은 게 있다면 역시 연애뿐이다. 그런 의미에서 내 소설은 모두 연애소설이다. 조금 더 정확히는 지나간 모든 연애의 기록이라고 할 수 있다.

　　고등학교 1학년 가정 시간에 장래 희망을 PPT 로 발표하는 과제가 있었다. 많은 학생이 저마다 판사 나 의사, 과학자 또는 대기업의 전문 CEO 같은 꿈을 발 표했다. 차례가 돌아왔을 때 나도 당당하게 교탁 앞에 섰다. 그 당시 나의 꿈은 공처가였다. 친구들이 킥킥거 리며 비웃었지만 그 꿈은 생각보다 진지하고 구체적이 었다. 일단 PPT에는 애니메이션 〈짱구는 못말려〉의 장 면을 캡처해서 넣었다. 2층짜리 단독주택 앞에 짱구와 흰둥이 그리고 짱구의 부모님이 단란하게 서 있는 그림 이었다. 나는 친구들 앞에서 어른이 되면 꼭 이렇게 화 목한 가정을 이뤄 공처가로 살고 싶다고 외쳤다. 가정 선생님은 정말 멋진 꿈이라고 칭찬하면서도 공처가라 는 건 아내에게 눌려 지내는 남편이라고, 이럴 때는 애 처가가 맞는 거라고 말씀하셨다. 하지만 나는 두 단어 의 의미 차이를 이미 알고 있었다. 내가 되고 싶었던 건 애처가가 아니었다. 분명히 공처가였다.

내 삶에서 제일 중요한 건 언제나 연애였다. 하지만 그만큼 연애가 가장 어렵기도 했다. 연애는 군 생활보다도 어려웠다. 육군3사관학교에 편입했을 때 난 생처음으로 누군가에게 두들겨 맞아봤다. 선배들은 마음에 들지 않는 후배가 있으면 새벽에 샤워실로 불러내 특별 교육이라는 명목으로 구타와 얼차려를 가하곤 했다. 그런 가혹 행위 때문에 많은 생도가 자퇴를 결심했다. 나도 매주 훈육 장교를 찾아가 집에 가고 싶다고 징징거리는 부류였는데 사실 그건 부조리 때문이 아니었다. 나는 구타 같은 가혹 행위보다도 여자친구를 볼 수 없는 게 더 견디기 힘들었다. 내가 그만두겠다고 떼를 쓰면 훈육 장교는 여자친구가 써준 인터넷 편지를 출력해서 몰래 주머니에 넣어주었다. 그러면 그걸로 일주일을 또 버텼다. 침낭에 들어가 붉은 수면 등 위로 몰래 편지를 비춰보며 그렇게 지옥 같은 기초군사훈련을 겨우 버텼다.

기초군사훈련 기간에는 전화조차 사용할 수 없었다. 아주 가끔 포상 형태로 통화권이 부여됐지만 체대생이 즐비한 곳에서 나는 체력이 좋지 않은 편이라 좀처럼 기회를 잡을 수 없었다. 그러던 어느 날 화생방

교관이 가스실 안에서 방독면을 쓰지 않고 가장 오래 버티는 생도에게 전화를 쓰게 해주겠다고 약속했다. 가스실 안에서 버티는 건 체력과는 상관없어 해볼 만할 것 같았다. 매캐한 가스실 안에서 오직 여자친구에게 전화를 걸겠다는 일념으로 눈물과 콧물을 쏟으며 죽을 힘으로 버텼다. 그 결과 한 달 만에 여자친구의 목소리를 겨우 들을 수 있었지만 어렵게 얻은 통화권으로 부모님이 아니라 여자친구한테 전화했다는 이유로 새벽에 샤워실로 불려가 불효자 특별 교육을 받아야 했다. 하지만 무자비한 얼차려를 받으면서도 그날만큼은 모든 게 다 행복했다.

육군3사관학교를 졸업하려면 반드시 매산리에 있는 특수전 교육단에서 공수 훈련을 수료해야 한다. 그때도 진정으로 내가 두려워했던 건 낙하산을 메고 비행기에서 네 번이나 뛰어내려야 한다는 공포보다 여자친구와 곧 이별하게 될 것 같다는 불길한 예감이었다. 참고로 나는 고소공포증이 심해 육교조차 잘 건너지 않는 편이다. 그런 내가 고도 1400피트에서 뛰어내린다는 건 정말 인생 최대의 난관이었다. 공수 훈련용 낙하산은 침투를 위해 제작되었기 때문에 레저용 낙하산처럼 천천히 떨어지지 않았다. 실제로 착지하면서 다리가 부러지는 사람이 많았고 아예 뛰어내리지 못해 퇴교당하는 동기도 있었다. 사실은 나도 공수 훈련이 너무 무서워서 심각하게 자퇴를 고민했다. 하지만 마음을 바꿔 그냥 죽으면 죽는 거지라는 심정으로 비행기에서 뛰어내릴 수 있었던 건 그 무렵 여자친구와 지독한 이별 다툼 중이라 별로 살고 싶지 않았기 때문이었다.

어떤 연애가 끝난다는 건 내게는 한 계절이 끝나는 것이고, 한 시절이 끝나는 것이고, 한 세기를 넘어 하나의 온전했던 세계가 끝나는 것인데 사실 나는 그동안 너무나도 많은 계절과 시절과 세기와 세계를 끝내버렸다. 내가 자주 하는 말 중에 사람의 감정이란 백지와도 같아서 썼다가 지우기를 반복하면 얼룩덜룩해져 나중에는 아무것도 덧쓰지 못하게 될 거라는 문구가 있는데, 정작 나라는 인간은 그렇게 아끼고 아껴서 한 면을 빼곡히 쓰고 나서도 모자라 뒷면까지 모조리 써버려 이제는 종이가 언제 찢어져도 좋을 만큼 너덜너덜해진 상태다. 왜 이렇게 연애는 어려울까? 도대체 무엇이 문제일까?

　　나의 연애가 뭔가 잘못되었다는 생각이 든 건 본격적으로 신춘문예 준비를 하면서부터였다. 합평 수업에서 만난 문우들은 내가 만들어낸 갈등을 두고 도대체 인물들이 왜 이런 생각을 하고 왜 이렇게 행동하는지 이해하지 못했다. 게다가 내가 쓴 인물들이 철저하게 대상화되어 있다고 지적했는데 이건 소설을 못 쓴게 아니라 잘못 쓴 거라고 비난하기도 했다. 그러니까 그건 어디까지나 내가 쓴 소설에 관한 이야기였지만 이상하게도 내게는 그게 그동안 반복해왔던 모든 연애에 대한 비판처럼 들렸다. 그러려던 게 아니었는데 그렇게 되어버린 연애처럼, 내 소설도 자주 그러려던 게 아니었는데 그렇게 되어버렸고, 그런 이상한 공통점 때문에 마치 소설을 더 잘 쓰게 되면 연애도 좀 더 나아질 것 같다는 착각이 들었다.

　　처음 소설이라는 걸 쓰기 시작할 때는 인물보다 플롯을 중심에 놓았다. 내 생애 첫 번째로 구매한 작법서는 『인간의 마음을 사로잡는 스무 가지 플롯』(로널드 B. 토비아스 지음, 김석만 옮김, 풀빛, 2007)이었다. 소설을 구상할 때면 그 책에 나와 있는 대로 서사를 먼저 정했다. 그 서사 속에서 인물들은 각자 맡은 배역에 충실해야 했다. 주인공은 내가 원하는 대로 움직이며 정해진 대로 사건에 휘말려야 했고 오직 줄거리의 흐름에 따라 생각하고 행동했다. 만약 내가 아버지의 복수를 꿈꾸는 플롯을 정했다면 주인공은 어떤 경험을 겪고 누구를 만나고 어떤 삶을 살았든 결말 부분에서는 반드시 아버지의 복수를 완수해야만 했다. 그렇게 인물이 내가 짜놓은 이야기대로 역할을 다할 때 소설이 잘 써진다고 느꼈다.

소설가에게 제일 위험한 순간은 어쩌면 소설이 안 써질 때가 아니라 너무나도 잘 써질 때일 수도 있다. 그건 연애도 마찬가지인데 연애가 내 뜻대로 안 풀릴 때보다 더 위태로운 건 연애가 너무 잘 풀릴 때였다. 돌이켜보면 내게는 '이상적인 연애'에 대한 기준이 있었고 추상적이면서도 구체적인 어떤 플롯이 실재했다. 초반에는 이 정도의 연락을, 스킨십은 이쯤에서, 사랑한다는 말은 이만큼 충만할 때 등……. 내게는 나만의 속도와 흐름과 전개가 있었고 그런 방식으로 관계가 흘러가야 만족했으며 그렇지 않을 때는 서로 잘 맞지 않는다고 느꼈다.

언젠가 친한 문우에게 이런 말을 들은 적이 있다. 내게는 관계가 일정 이상 가까워지려고 하면 되레 밀어내는 척력이 있다고. 그건 어느 정도 맞는 말인데 그렇다고 처음부터 방어적이라거나 다가오지 못하게 경계하는 타입은 아니고, 오히려 일정 영역까지 친해지는 데 남들보다 더 빠른 편이지만 그 이상의 허들을 넘으려면 수백 배는 오래 걸린다. 이런 피곤한 성격 때문에 상대가 처음 친해졌던 속도에 가속도를 붙여 더 가까워지려고 하면 일단 나는 있는 힘껏 최선을 다해 멀어진다. 고양이가 문을 열어달라고 마구 긁어대다가 막상 문을 열어주면 들어오지 않고 휙 도망가는 것처럼 한참 친한 척하다가 갑자기 낯설게 군다. 게다가 거기서 상대방이 조금이라도 주저하거나 밀어낸다면 우주 끝까지 밀려나게 되는데 나도 내가 왜 이런 성격인지 너무 피곤하다. 이런 이상한 성격 때문에 기본적으로 나는 나를 좋아해주는 사람과는 연애가 잘되지 않았다. 반대로 나한테 무심하면서 오직 본인에게만 관심 있는 나르시시스트가 차라리 더 잘 맞았다.

아무래도 연애라는 것은 더 좋아하고 더 표현하는 쪽이 약자가 될 수밖에 없다. 그런 역학 관계에서 나는 약자의 처지에 있을 때 훨씬 마음이 편했다. 나를 진심으로 좋아해주고 내 모든 걸 받아줄 것 같은 사람과의 연애는 내 기억 속에 전부 죄책감으로 남아 있다. 그렇게 사랑받는 연애를 하게 되면 왜 그런지는 모르겠지만 내 안에 어떤 부채감이 쌓였다. 정확히는 상대방이 내게 주는 만큼 내가 되돌려주지 못한다는 것에 대한 자책감인데 그런 연애의 결말은 보통 상대방이 내게서 원하는 만큼의 진심을 돌려받지 못해 실망해서 떠나거나 아니면 내가 그만큼 해주지 못할 것 같아 도망치면서 끝났다.

　　내가 연애에 온전히 몰입할 수 있었던 상대는 대부분 자신의 재능에 확신이 넘치고 원대한 꿈과 야망이 있으며 나보다도 늘 자신을 최우선으로 여기는 사람이었다. 그런 사람과 연애를 하면 이상하게도 마음이 정말 편했다. 그런 사람은 내가 자신을 얼마나 좋아하는지 별로 신경 쓰지 않았고 내가 연애에 최선을 다하고 노력하는 걸 아주 당연하게 받아들였다. 그런 태도 덕분에 나도 내 마음대로 알아서 북도 치고 장구도 치고 가까워졌다가 밀어내기도 하고 혼자 거리를 조절하며 내가 원하는 대로 연애를 전개해나갈 수 있었다. 사실 그건 어쩌면 그다지 존중받지 못하는 연애일 수도 있는데 역설적으로 나는 그럴 때만 오히려 내 감정을 온전히 다 쏟아낼 수 있었다. 하지만 그런 관계에도 치명적인 단점은 존재했다. 상대방에게 언제나 진심으로 최선을 다했기에 헤어질 때가 되면 정말 단 한 줌의 후회나 미련 없이 칼같이 돌아설 수 있다는 것이었다.

"인물을 이렇게 쉽게 죽이면 어떡해요?"

합평 수업을 들을 때 사람들은 내게 자주 물었다. 이야기의 전개를 위해 인물을 이렇게 쉽게 죽여버리는 게 맞느냐고. 이 인물이 죽을 때 아무것도 느끼지 못하겠냐고. 사실 그건 굉장히 당황스러운 질문이었다. 서사가 진행되는 데 죽어야 할 필요가 있는 캐릭터라면 당연히 작가가 죽일 수도 있는 거 아닌가? 내가 진짜 사람을 죽인 것도 아닌데 왜 이런 걸로 뭐라고 하는 거지? 하지만 그들은 한 번 더 내게 진지하게 충고했다. 작가라면 창조한 인물에 대해 책임감을 가져야 한다고. 만들어진 캐릭터라 할지라도 연민을 느끼라고. 사실 그 전까지는 그런 생각을 해본 적이 없었다. 소설을 쓰면서 내가 제일 중요시했던 건 어떻게 하면 이야기를 재미있게 꾸미고 서사를 속도감 있게 장악할 수 있을까뿐이었다. 하지만 정작 그 이야기를 끌고 가는 인물들에 대해서는 한 번도 깊이 들여다본 적이 없었다.

인물이 어떤 욕망을 품고 있고 어떤 사건과 마주했을 때 어떻게 행동하는지를 고민하기 시작하면서부터 나도 모르게 미리 정해놓은 이야기가 종종 뒤집히곤 했다. 처음에는 아버지의 복수를 꿈꾸는 이야기를 쓰려고 했는데 한참 소설을 쓰다 보니까 어쩐지 주인공이 아버지의 복수를 그렇게 원하지 않는 것 같았고, 더 자세히 파고들어가보니 사실은 아버지를 마음속 깊이 증오했으며 오히려 아버지가 죽음으로써 어떤 트라우마에서 벗어날 수 있어 후련해졌다는 걸 깨닫는 식이다. 그렇게 되면 처음 구상했던 플롯은 완전히 날아가고 어느새 이야기는 주인공이 아버지라는 상처를 소화하는 소설로 내용이 바뀌어버렸다. 이런 경험은 굉장히 낯설었지만 나에게 전혀 새로운 감각을 가져다주었다. 그리고 이제는 처음 구상한 플롯이 인물에 의해 반드시 뒤집히고 실패해야만 소설이 완성된다고 믿는다.

소설 쓰는 방식이 바뀌면서 자연스럽게 연애에 대한 나의 태도도 조금 달라졌다. 소설조차도 내 마음대로 써지지 않는데 연애가 내 뜻대로 될 거라고 여기는 건 지나친 오만이었다. 예전에는 사랑한다는 말에 반드시 사랑한다는 말로만 대답할 수 있으며 응당 그래야 한다는 원칙이 있었다. 하지만 엄밀히 따지면 사랑한다는 말은 내가 너를 사랑한다는 말의 줄임말로 내가 사랑하는 만큼 나의 방식으로 너를 사랑한다는 의미이지, 상대방이 원하는 방식으로 원하는 만큼 사랑하겠다는 뜻은 아니다. 어리석게도 나는 그 의미가 반드시 같거나 같아야 하는 줄로만 알아서 누군가에게는 사랑한다는 말을 들으면 아직 그럴 단계가 아닌데 이상하다고 부담감을 느꼈고 누군가에게는 사랑한다는 말을 들으면 이미 사랑에 충분히 빠졌어야 할 대목인데 너무 부족하다고 모자람을 느꼈다. 연애라는 게 내가 정해놓은 플롯대로 진행될 수가 없는 것인데 매번 고민할 필요조차 없는 일로 혼자 괴로워하고 또 상대방을 괴롭혀왔다. 그리고 그건 사실 누군가를 정말로 사랑했던 게 아니라 누군가를 사랑하는 내 자신을 사랑했던 것인지도 모른다.

언젠가 들은 이야기를 다시 한번 떠올린다. 어

떤 소설이 쓰고 싶냐고 묻는 젊은 소설가의 질문에 볼펜을 손가락에 끼우고 이리저리 돌리면서 오랫동안 고민하다 "아무래도 역시 연애죠"라고 대답한 아주머니의 일화를. 나 역시 쓰고 싶은 게 있다면 아직도 연애뿐이다. 하지만 이제는 조금 다른 연애를 쓰고 싶다. 지나간 모든 연애의 기록 대신, 대답을 망설이며 머릿속에 그렸을 그 아주머니의 연애가 궁금하다. 그 아주머니는 어떤 연애소설을 쓰고 싶었던 걸까? 언젠가는 그 아주머니의 연애를 대신 쓸 수 있는 날이 오면 좋겠다.

해설

사랑과 분리된 연애

— 김정빈(문학평론가)

연애 얘기는 왜 재미있을까? 물론 남들이 어떻게 만나고 어떻게 데이트를 하는지, 어떻게 좋아한다는 표현을 하고 무슨 이유 때문에 싸우는지 듣고 있으면 저절로 설레고 마음도 아프다. 그렇지만 무엇보다도 연애 얘기의 묘미는 남 얘기라는 데 있다. 함께 감정을 다 쏟아내다가도, 이야기에서 한 발짝 빠져나오면 한순간 문제가 가벼워지면서 정리가 되었다. 이게 문제면 저렇게 해야 하고, 저게 문제면 답도 없으니 헤어지자는 식으로.

그런 결론들이 모이면, 모든 연애가 다 비슷해

보였다. 어차피 사람 사는 거 다 똑같다고, 연애도 만만하거나 가볍게 느껴졌다. 그렇게 친구와 친구의 친구 이야기들을 수집하며 차곡차곡 연애의 데이터를 쌓아나갔더니, 일종의 연애 공식이 생겼다. 연애란 자주 연락을 하고 파스타를 먹거나 영화를 보고, 싸우면 울면서 화해하는 것이라고.

공식은 근거 없이 아주 세밀해졌다. 몇 분 단위로 메시지가 오가는 게 일반적인지, 데이트는 일주일에 몇 번 해야 하고 기념일은 어떻게 챙겨야 하는지까지 정해졌다. 그 공식이란 남들이 하는 방식이었으므로, 연애 문제를 해결할 때면 꼭 다른 사람들의 의견을 물어봤다. 남들이 하는 방식으로 내 마음을 표현하고 상대가 같은 방식을 따르지 않으면 다음이 없거나 노력이 부족한 것으로 여겼다. 좋아해서 연애를 시작한 건데, 막상 연애를 유지하다 보면 좋아하는 마음과는 별개로, 연애만의 시스템이 있는 느낌이었다.

윤치규는 "쓰고 싶은 게 있다면 아직도 연애뿐"(『모든 연애의 기록』, 117쪽)이라고 당당히 밝힌다. 사랑이나 관계, 마음이 아니라 '연애'라고 명명할 때, 연애는 사랑과는 분리되어 어떤 일련의 행동들 또는 상태가 된다. 세 편의 소설은 각자가 생각한 '일반적인 연애'를 굳게 믿고 상대에게 투영하고자 하지만, 그 예상이 어김없이 빗나가는 이야기다.

#뒷모습

'일반적인 연애'의 가장 큰 오류는 상대를 가장 잘 알고 이해할 수 있다고 전제하는 데서 기인한다. 우리는 종종 자주 만나고, 가장 솔직한 모습을 보여주었다는 이유만으로 애인 또한 타자라는 지점을 망각하곤 한다. 물론 애인을 가장 잘 이해하는 타자가 될 수는 있겠으나, 애인에 대해 온전히 이해하는 것은 불가능하다. 애인을 이해하고자 하는 노력이 무참히 실패할 수밖에 없음을 잊고 애인이라는 이유로, 연애 중이라는 이유만으로 잘 알고 있다고 확신을 갖는 순간, 더 이해하려는 노력조차 하지 않게 된다.

「일인칭 컷」은 희주가 인스타그램에 올리는 사진 구도의 명칭이다. 희주 스스로의 뒷모습은 흐리게 하고, 배경을 선명하게 한 구도지만, 사실 '나'의 지적처럼 "카메라를 등지고 서 있는 희주는 정작 삼인칭 피사체에 불과"(16쪽)하다. 그 구도가 '일인칭 컷'이 되는 이유는 단지 희주가 그 구도를 일인칭이라고 스스로 명명하기 때문이다. '나'는 희주가 왜 삼인칭을 일인칭이라 명명하는지 이해하지 못한 채, 희주의 명명을 따른다. 겉으로 보기에 순종적인 것처럼 보이지만 아니다. 그는 번번이 희주를 이해하는 데 실패하지만, 개의치 않았던 것이다.

　　희주와 '나'는 세상을 바라보는 해상도가 조금 다르다. 희주가 팜나무와 야자나무, 초승달과 그믐달을 구분하며 볼 때 '나'는 그냥 열대 나무, 그믐달로 구분 짓는다. '나'는 '알 수가 없다는 것'에 때때로 두려움을 느끼지만, 팜나무와 야자나무를 구분하지 못할 때에는 두려움을 느끼지 않는다. '한국'이라는 판단 기준이 있기 때문이다. 한국에 없는 팜나무와 야자나무를 구분하는 것은 흔치 않은 일이고, 한국에서 샀으니 그믐달이라고 단언한다. 한국인이라는 자신의 정체성이 곧 무언가를 안다는 판단 기준으로 이어진 셈인데, 이는 자신의 정체성이 곧 사회의 표준이라는 확신을 수없이 체내화한 사람으로서 가능한 사고방식이다.

그는 희주가 비혼식을 말할 때 두려움을 느끼고, "상상조차 하기 싫었다"(13쪽)고 고백한다. 애인이라는 특수하고 고유한 자리가 아닌, 하객석이라는 다른 이들과 동일한 위치에 앉아서 싫다고 했다. 희주의 비혼식은 그에게 박수를 받을 수 있는 자리에서 박수를 쳐주어야 하는 자리로 이동하는 사건이다. 그러므로 자신이 생각하는 범주에 없던 일이자, 애인이라는 특정 지위를 박탈당하는 사건이다.

그렇다면 희주에게는 애인이라는 특정 지위가 부여되어 있었는가? 사내 커플이라는 상황 속에서 희주와 '나'의 위치는 사뭇 다르다. 최 팀장이 희주를 성희롱했을 때, '나'와 최 팀장은 주먹다짐이라는 자신들의 질서로 사건을 맞이한다. 희주의 애인으로서 '나'는 자신보다 "열 살이나 많은 사람"(27쪽)한테 함부로 폭력을 휘두르고도 애인을 모욕한 것에 대한 분노가 용인되며 사과까지 받아낼 위치에 있다. 최 팀장이 자신의 언행이 아니라, '나'와 희주의 관계를 몰랐다는 점을 사과했다는 지점에서 그 위치는 분명해진다.

정작 피해 당사자인 희주는 성희롱 이후 사건에서 자연스럽게 배제된다. 여전히 가해자를 자신의 상위 결정권자로 두어야 했고, 팀장의 인사 발령을 요구할수록 희주는 이미 해결된 사건을 다시 꺼내 오는 귀찮고 곤란한 존재로 전락한다. 단지 연애 중이라는 이유로 '나'는 희주의 "남편이 될"(30쪽) 사람이자 "오랫동안 최 팀장과 마주치면서 일할 사람"으로 여겨지지만, 희주는 "결혼해서 아기를 낳"을 것으로 단정되며 "감정적으로 구는" 사람으로 규정된다. 이러한 역할의 이동에 희주의 의사나 계획은 단 하나도 반영되지 않았다.

　　'나'는 희주를 이해하는 척했지만 사실 알지 못했다고 고백한다. 그런데 회사나 최 팀장, 본부장의 논리는 이해했을까? 최 팀장이 어떤 마음으로 그 말을 했는지, 본부장은 왜 당사자가 아닌 자신을 불러서까지 화해를 종용하는지, '나'는 이해하지 못했다. 다만 이해하려고 노력하지 않아도 괜찮았을 뿐이다. 최 팀장과 본부장, '나'는 자신에 대해 표명하고 설명하지 않아도 손쉽게 수용된다. 지금껏 그래왔고, 다른 이들도 그럴 것이라는 어떤 유구한 관습의 유령에 기반해.

　　반면 희주에게 정체성은 부여받거나 편입되는 것이 아니라, 다른 이들의 편견을 부수고 각인시켜야 하는 것이다. 결혼에 대한 어떤 의사도 밝히지 않았지만 이미 결혼 예정자로 간주된 희주가 비혼이라는 자신의 의사를 드러내기 위해서는 비혼식이라는 절차가 필요하다. 희주에게 일인칭, 즉 자신의 정체성은 자신을 의도적으로 드러내야만 가능하고, 사람들에게 대상화되는 방식으로만 표명할 수 있다. 희주의 '일인칭'이 삼인칭으로 표현될 수밖에 없는 이유가 여기에 있다.

팜나무가 열대 나무인 것은 맞지만, 팜나무를 열대 나무로만 보는 것은 팜나무의 고유한 특성, 즉 정체성을 삭제하는 일이다. 팜나무와 야자나무를 구분하는 방법을 알려줘도 이미 일정한 관습을 내면화한 '나'의 눈에는 크게 중요하지 않듯이, 비혼식을 치르더라도 다른 이들의 눈에 희주의 의사는 아무런 죄의식 없이 삭제될 것이다. 현지 택시기사들과 곧잘 어울리는 것처럼 보이지만, 갑작스럽게 비가 내리면 어디에도 포용될 수 없는 것처럼, 수많은 일인칭을 찍어주었던 '나'조차도 끝끝내 희주의 시점을 알지 못하고 희주의 뒷모습만 보는 것처럼.

#바다를 장담한 선원

「일인칭 컷」에서 끝끝내 이해되지 못할 타자로서의 애인을 목격한다면, 「완벽한 밀 플랜」에서 '나'는 목격 이후 애인을 어떤 형태로 재범주화할 것인지를 묻는다.

'나'는 현영을 자신과 동일시하며 연애에 있어 자신과 같은 목표를 지닐 것이라 상상했다. 그가 상상한 연애는 "손목을 긋지 않고, 술도 적게 마시며, 삶의 어떤 동기와 활력을"(57쪽) 되찾는 형태다. 그는 이 연애의 정답을 굳게 믿어 현영에게 강요하였으나 실패하고, 현영과의 연애가 예상했던 형태가 아님을 깨달았으며 상대방에게 사랑을 이유로 변화를 강요하는 것이 어떤 권리를 요구하는 일방적인 욕심이었다고 반성하고 이에 순응한다.

그러나 그는 순응 이후 현영과 대화하지 않는다. 그는 아무것도 안 하는 것이 불만이면서도 그냥 이렇게 있는 것만으로도 좋다는 "현영의 말에 무의식적으로 고개를 끄덕"(42쪽)이며 대화를 마무리한다. "그냥 이렇게 있는 게 정확히 어떤 것을 가리키는지 궁금"하지만, 묻지 않는다. 결혼을 준비하면서 현영이 모든 게 괜찮다며 의사 결정 과정에 참여하지 않을 때 "괜찮다는 대답이 진심으로 좋다는 의미인지, 아니면 아무래도 상관없다는 것인지 구분할 수"(55쪽) 없지만 물어보지 않는다. 종국에는 결혼식 바로 전날 현영이 조금 취해서 수면제를 삼켜 응급실에 실려 갔을 때도 화를 내고 싶었지만 "아무 말도 입 밖으로 꺼내지"(56쪽) 못한다.

　　상대와 나의 연애 방식이 유사한 형태일 것이라는, 스스로 생각한 연애 정답이 틀렸을 때, 왜 틀렸는지 이해하는 것과 다시 새로운 답을 구하는 것에는 분명한 차이가 있다. '나'와 현영 사이에는 교류가 없으므로 그들의 관계는 여전히 정답이 틀린 상태에 머물러 있다. 그 상태는 서로에게 방해가 된 채 이대로 영원히 함께하게 된 뿔 달린 물고기와 바다거북의 처지로 표현된다. 다이빙 매니저는 뿔 달린 물고기의 맹렬한 돌진으로 바다거북이 일방적으로 당한 것처럼 묘사하지만, 사실 물고기는 생존을 위해 뿔을 가졌고, 그냥 생긴 대로 살았을 뿐이다. 하필 바다거북을 만나 서로에게 공격과 구속으로 작용한 것이다. 그는 현영이 술을 마실 때마다 현영을 내버려둘지, 마시지 못하게 말려야 할지 "어떤 게 현영을 위한 것인지 도저히 알 수가 없었다"(59~60쪽)고 외치지만, 정답을 찾으려는 시도 없이 단지 상황을 유보한다. 그러므로 끝끝내 가까워지지 못할 현영의 뒷모습만 바라보며 이야기는 끝난다.

#식물의 방식

「완벽한 밀 플랜」에서 '나'의 신혼여행이 "무려 95퍼센트 확률의 터틀 퀘스트마저 실패했는데 저녁 예약까지 취소된" "너무나도 가혹한 일"(52쪽)로 남은 이유는, 사실 여행 내내 취해 있던 현영이 아니라, 스스로 무엇을 원하는지 잘 몰랐던 '나' 자신에게도 있다.

현영이 예상 밖의 행동을 할 때 그가 취할 수 있는 행동의 폭은 꽤나 넓었다. 현영이 자는 동안 홀로 조식과 점심을 먹는다거나 음식을 포장해 와서 기다렸다같이 먹는다거나 절절한 설득 끝에라도 꼭 현영과 레스토랑을 간다든가 하는 식의 대응책은 얼마든지 있었다. 그러나 '나'는 다음 목표를 세우지 않고 현영을 탓하거나 불만을 품은 채 그저 견뎠다. 그가 신혼여행을 준비하며 계획할 때는, 두 사람의 관계를 다지기 위해서든 추억을 쌓기 위해서든 기분 전환을 위해서든 신혼여행의 목적이 있었을 것이다. 그러나 그가 목적을 모두 녹여내 완벽한 밀 플랜을 완성했을 때, 신혼여행은 목적이나 의미는 사라지고 단지 '계획-이행'이라는 납작한 형식으로 남는다. 그렇기에 계획이 이행되지 못한 것만으로 신혼여행은 무참히 실패한다.

「러브 플랜트」의 두 인물, 김정한 대리와 백현준은 '나'와 같은 실수를 저지르는, '나'의 연장선상에 있는 인물이다. 그들은 상대의 행동을 본인의 공식에 맞게 해석하고, 단정 짓고, 상대가 자신의 공식에 따라올 것이라고 믿는다.

연애 공식이 '결국 다들 그렇게 한다'는 식의 사회적인 일반론에서 비롯했다면, 그 공식은 타인에 의해서만 깨질 수 있다. 백현준은 이혼소송이라는 절대적이고 사회적인 권력에 의해 자신의 연애 공식을 파괴하는 절차를 거쳤다. 백현준의 "고백할 때 제발 꽃 사지 마 공포증"(67쪽)은 연애를 납작하게 바라보고, 직장 동료의 말을 자신과 전 아내에게 투영했던 시선의 위험성을 자각한 것이라 할 수 있다.

　　반대로 백현준은 "자신의 일방적인 감정이 상대방을 곤란하게 할까 두려워"(73쪽) 서로의 영역을 침범하지 않고 일정한 거리를 유지하며 더욱 행동을 조심하는 모습을 보인다. 백현준의 주변 인물들이 재혼이나 연애를 적극 권장하고 이를 위해 먼저 마음을 표현할 것을 조언한다는 점을 고려하면, 백현준의 모습은 분명 일반적인 공식을 따르지 않는 듯하다. 대신 그는 자신의 마음을 율마 화분으로 토현한다.

　　꽃다발은 가장 아름답고 예쁜 순간을 꺾어 포장한 채 간직했다가도 시들면 버려야 한다. 화려하지만 단편적이다. 화분은 화려하지도 않은데 인내와 꾸준함이 필요한 일이다. 물도 제때 정량을 주고 햇빛도 잘 쪼여주는 세심함은 기본이다. 정성을 들였다고 피드백이 빠른 것도 아니다. 강아지처럼 순간순간 표정을 지어주는 것도 아니라서 내가 맞게 하고 있는 건지 아닌지 시간을 들여 면밀히 관찰해야 한다. 그러면 식물은 느리지만 천천히 반드시 피드백을 해준다. 식물 키우기는 식물이 자신의 방식으로 표현해줄 때까지, 기다리는 일이다.

　　어쩌면 사랑하는 사람들 위해 할 수 있는 가장

큰 희생은 기다림일지도 모르겠다. 기다림은 맥락을 통해 완성된다. 기다림의 끝, 기대한 미래가 없으면 단지 정지에 불과하다. 그래서 기다림은 불분명한 미래의 상대를 신뢰하면서도 자신을 지켜야 하는, 막대한 힘이 드는 일이다. 상대를 위해 홀로 행하는 일이므로 '함께'에 대한 환상을 모두 제거하고 온전히 홀로 서는 일이다.

백현준은 다른 두 편의 인물들과 마찬가지로 이미나 차장이 차를 몰고 나갈 때까지 그 뒷모습만 오래도록 지켜본다. 다른 두 편의 인물들이 각각 연애와 결혼이라는 공식적인 관계를 획득한 반면, 백현준의 마음은 아무런 결실을 맺지 못한 것처럼 보인다. 다만 백현준은 자신만 알 수 있는 맥락을 쥐고 있다. 주말마다 가게를 청소하는 마음을 사랑이라 단언할 수는 없다. 확실한 건, 비로소 연애라는 형식과 분리된 온전한 마음이 그에게 남았다는 것이다. 식물의 방식으로.

우리가 세 편의 윤치규 소설을 보면서 알 수 있는 한 가지는, 연애를 겪지 않고 주변 이야기에서 교훈을 얻어내려고 해서는 안 된다는 것이다. 그러니 백현준의 방식이 옳고 그것을 따르자는 판단은 삼가자. 멀리서 보면 비슷비슷한 연애들도 각 이야기 속의 맥락은 본인만이 쥐고 있으므로, 모두에게 적용 가능한 규칙은 없다. 지금은 단지 이 소설을 재미있게 읽어내면 될 뿐이다.

트리폴 11

러브 플랜트
© 윤치규, 2022

초판 1쇄 인쇄일 2022년 1월 25일
초판 1쇄 발행일 2022년 2월 15일

지은이·윤치규

펴낸이·정은영
편집·정수향 김정은 정사라
마케팅·최금순 오세미 김현아
김하은 오경미
제작·홍동근
펴낸곳·(주)자음과모음
출판등록·2001년 11월 28일
제2001-000259호
주소·경기도 파주시 회동길 325-20
전화·편집부 02) 324-2347
경영지원부 02) 325-6047
팩스·편집부 02) 324-2348
경영지원부 02) 2648-1311
이메일·munhak@jamobook.com

잘못된 책은 교환해드립니다.
저자와의 협의하에 인지는 붙이지
않습니다.

ISBN 978-89-544-4806-2 (04810)
978-89-544-4632-7 (세트)